HEN HUNLLEFAU:
SGRECH Y CREIGIAU

GAN
ELIDIR JONES

LLUNIAU GAN NEST LLWYD OWEN

Mae Cymru'n hen, hen wlad, a'r tir o dan ein traed yn hŷn fyth. Mae cenedlaethau diddiwedd wedi gwneud eu cartref yma, bob un yn rhannu'r un dyheadau, breuddwydion … a hunllefau.

Weithiau, mae'r hunllefau hynny'n cael eu gadael ar ôl. Yn dianc. Yn dod yn fyw. Ac wrth i'r oesoedd basio, a'r blynyddoedd lithro heibio fel eiliadau, mae rhai ohonyn nhw'n codi eto ac yn aflonyddu ar genedlaethau newydd …

SGRECH Y CREIGIAU

BROGA

I Wil.

Argraffiad cyntaf: Llyfrau Broga Books 2022
Testun © Elidir Jones 2022
Darluniau © Nest Llwyd Owen 2022

Rhif Llyfr Safonol Rhyngwladol:
978-1-91430-304-3

Cyhoeddwyd gyda chymorth ariannol Cyngor Llyfrau Cymru.

Cyhoeddwyd gan Llyfrau Broga Books,
Yr Eglwys Newydd, Caerdydd
e-bost: llyfraubroga@gmail.com
lle ar y we: www.broga.cymru

Mae'n taith ni o amgylch Cymru yn dechrau yng Ngwynedd. Ardal o ddycnwch rhyfeddol, a phrydferthwch arallfydol ... ond pan mae'r haul yn machlud a chysgodion y mynyddoedd yn llyncu'r tir, mae sgrech y creigiau i'w chlywed yn torri trwy'r nos. Daw ysbrydion a chreaduriaid annaearol o waelodion y dyfroedd. Efallai y gwelwch chi amlinellau'r Tylwyth Teg yng ngolau'r lloer. Ac mae ffigyrau o hen chwedlau yn ymddangos yn fwy byw nag erioed ...

Bydd y gyfres *Hen Hunllefau* yn rhoi bywyd newydd i rai o'n straeon gwerin arswydus ac yn eu llusgo i olau llachar yr unfed ganrif ar hugain.

Y NAID OLAF

"Roedd yr anturiaethwyr ar goll yn llwyr. Heb fwyd. Heb ddiod. Heb ddim ond hen fap i ddangos y ffordd ... a'r haul yn prysur fachlud."

"Rho'r ffôn 'na i lawr, Llinos. Ym Meddgelert 'dan ni, ddim Mozambique."

Ufuddhaodd Llinos i'w chwaer fawr a gwên fach ddireidus ar ei gwefusau. Diffoddodd y camera ar ei ffôn a'i roi yn ei phoced wedi iddi ei bodloni ei hun nad oedd digon o signal i uwchlwytho'r fideo yn syth, beth bynnag.

Gwthiodd ei sbectol i fyny ei thrwyn ac ymladd drwy'r tyfiant oedd yn glynu'n bowld wrth lannau afon Colwyn. Efallai wir eu bod nhw ar gyrion Beddgelert, ond roedd hyn *yn* teimlo fel gwlad arall. Roedd y llwybr wedi diflannu sbel yn ôl, a phawb yn gorfod dyfalbarhau trwy wrychoedd a rhwng hen goed er mwyn cyrraedd pen eu taith.

Ac roedd y bywyd gwyllt yn teimlo'n ... *wahanol,* rywsut. Y gloÿnnod byw yn edrych yn fwy o lawer. Sŵn y gwenyn a'r cacwn yn uwch yng nghlustiau Llinos. A doedd hi erioed wedi gweld cymaint o bryfed cop a nadroedd llwyd a phryfed cantroed yn llithro ac yn cropian ac yn sgrialu allan o bob twll a chornel. Safai'n syn a gwylio'r cyfan.

Rhedodd Llinos yn syth yn erbyn ei chwaer fawr wrth iddi wneud ei gorau i osgoi cyffwrdd â dim byd o'i hamgylch.

"Carys! Watsia lle ti'n mynd!"

"Chdi redodd i mewn i *fi*, Llinos." Edrychodd Carys o'i chwmpas mewn ymgais ofer i weithio allan ble roedd hi. Doedd dim byd cyfarwydd o'u cwmpas yn unman, a'r dref yn bell. "A ble mae *o*, tybad?"

Dringodd y ddwy i ben craig a sefyll ar flaenau eu traed i geisio edrych dros y tyfiant anferthol o'u cwmpas.

"Harri!" bloeddiodd Llinos. "Harri! Ble rwyt ti, y crinc bach?"

"Fan hyn," meddai eu brawd, gan ymddangos wrth eu hymyl o nunlle. Neidiodd ei chwiorydd o'u crwyn a rhegodd Carys yn ffyrnig. Fel yr hynaf, yn bymtheg oed, roedd hi'n teimlo bod ganddi hawl i regi o bryd i'w gilydd. Allan o glyw ei mam, wrth gwrs.

Rhedodd Harri law hyderus trwy ei wallt cringoch

a chraffu ar y darn tyllog o bapur yn ei ddwylo.

"Mae'r lle 'ma 'di newid gymaint ers gwneud y map. Dydi o ddim lot o iws wedi'r cwbwl. Sori."

Rowliodd Harri'r map yn rholyn blêr a'i stwffio i boced ei jîns. Roedd cornel yn y golwg o hyd.

"Pa mor hen ydi o, ti'n meddwl?" gofynnodd Llinos.

"Y map? Wel, o feddwl bod 'na ddarna ohono fo 'di malu'n ddim yn fy nwylo i ... hen. Hen *iawn*."

"Ond yng nghanol stwff Taid gest ti afael arno fo, ia? A doedd Taid ddim *mor* hen â hynny ..."

"Ti'n jocian?" meddai Carys. "Roedd Taid 'di gweld y Rolling Stones yn fyw. Waeth iddo fo fod yn ddeinosor ddim."

"Ia, ond fedra' i ddim deud pwy wnaeth y map," meddai Harri. "Ei daid o, ella. Neu ei hen daid. Neu ei hen hen daid. Neu ei hen hen *hen* ..."

"Harri!" meddai Carys a Llinos gyda'i gilydd. Gwenodd eu brawd. Roedd corddi ei chwiorydd yn reddf ynddo erioed. Er mai fo oedd yr ieuengaf, roedd fel petai ganddo ryw bŵer rhyfedd drostyn nhw. Roedden nhw wastad yn fodlon ei ddilyn ar ei anturiaethau, neu'n barod i roi help llaw efo'r triciau roedd o'n chwarae ar eu mam byth a beunydd.

Er bod y ddwy yn gwneud eu gorau i ymddangos mor aeddfed â phosib, roedd 'na rywbeth am gastiau Harri oedd yn dal i apelio atyn nhw. Roedd Harri yn symbol o ieuenctid iddyn nhw bron â bod, yn ddolen gyswllt â'r plentyndod oedd yn prysur ddiflannu iddyn nhw.

"Doedd y llythyr ddes i o hyd iddo fo efo'r map yn sicr ddim gan Taid," meddai Harri. "Dwi'n nabod ei sgwennu o'n rhy dda. Cofio'r cardia pen-blwydd 'na ganddo fo? Tocyn llyfr pum punt ym mhob un?"

"Ti'n dal ddim 'di sôn am *gynnwys* y llythyr 'ma," meddai Carys. "Ti'n dal ddim 'di deud pam 'dan ni yma."

Edrychodd Harri o'i gwmpas rhag ofn bod rhywun yn gwrando. Roedd 'na deimlad rhyfedd i'r lle. Fel petai rhywun – neu rywbeth – yn disgwyl amdanyn nhw y tu hwnt i'w golwg.

"Stori oedd hi," meddai Harri, ac eistedd ar y

graig. "A ... wel ... does dim lle gwell i adrodd stori ysbryd na fan hyn, am wn i. Yr haul yn machlud. Ganol nunlla. Y math yna o beth."

"Stori ... ysbryd?" gofynnodd Llinos.

"Mewn Cymraeg hen ffasiwn iawn 'fyd," atebodd Harri. "Mae'n anodd 'i dallt. Ond dwi'n meddwl 'mod i 'di ca'l yr ystyr yn fras."

Ochneidiodd Carys ac eistedd wrth ymyl ei brawd, gan wneud ei gorau i ymddangos mor ddi-hid â phosib.

"Ty'd 'laen 'ta," meddai hi. "Ymlaen â ti, os mai dyma pam rwyt ti 'di'n llusgo ni yma."

Rhwbiodd Harri ei freichiau â'i ddwylo'n ffyrnig er mwyn ceisio'i gynhesu ei hun. Tynnodd Llinos ei ffôn allan a dechrau ei ffilmio.

"Dan ni'n anelu am le o'r enw Llam Trwsgwl. Neu, dyna oedd yr enw ganrifoedd yn ôl, beth bynnag. Mae'n ddarn culach nag arfer o'r afon, y creigia'n glogwyni serth naill ochr iddo fo, a'r dŵr yn bwll dwfn, dwfn.

"Mae 'na esboniad syml am yr enw. Fan hyn roedd holl blant yr ardal yn dod i brofi eu hunain. Yn neidio – neu'n llamu – dros yr afon, yn flêr – neu'n drwsgwl – i gyd. Llam. Trwsgwl. 'Dach chi'n gweld?

"Mae'n swnio fel hwyl. Ond er ei bod hi'n haws cyrraedd y lle bryd hynny, roedd neidio'r afon yn dipyn o job. Nid pawb oedd yn medru gwneud. Roedd y dŵr yn llifo'n ffyrnig ac yn wyn, fatha'r dŵr yn y reid 'na athon ni arni yn Disneyland. Cofio honno? Amball waith, byddan nhw'n dod o hyd i gyrff y rhai anlwcus ben i lawr yn y Glaslyn.

"Wff. Oeri'r gwaed, yn dydi?

"Beth bynnag. Mi ddaliodd plant Beddgelert ati i neidio. Ond un dydd, ddudwn ni ryw ddau gan mlynedd yn ôl, digwyddodd yr un naid oedd am newid y cyfan.

"Aeth cwpwl ifanc at Lam Trwsgwl, y noson cyn eu priodas. Roedd yr haul wedi diflannu erbyn hynny, a holl blant yr ardal wedi hen fynd adra. Pa le gwell i gael tipyn o amser iddyn nhw'u hunain cyn y diwrnod mawr?

"Wrth i'r tywyllwch gau o'u hamgylch, dechreuodd y dyn herio'i ddarpar wraig. Wnawn ni ei galw hi'n ... Llinos.

"Roedd o wedi neidio dros yr afon ddwsinau o weithiau, er pan oedd o'n hogyn bach. Doedd hi erioed wedi mentro. Erioed wedi gwneud dim byd anturus yn ei byw.

"Pam ddim neidio, meddyliodd hi? Pam ddim neidio *rŵan*? Dyma oedd ei noson ola o ryddid, wedi'r cwbwl.

"Cododd Llinos ar ei thraed. Ciciodd ei hesgidiau i ffwrdd a lapio'i phais sidan am ei chanol. Teimlodd fysedd ei chariad yn cydio'n dynn am ei bysedd hitha.

"'Mi neidia i efo chdi,' medda fo. Gwenodd y ferch o glust i glust.

"Ei gwên ola.

"Rhedodd y ddau law yn llaw tuag at yr afon.

Neidiodd y ddau i'r awyr. Chwarddodd Llinos yn wyllt wrth i'w thraed adael y llawr. Teimlai wynt y nos yn oer yn erbyn ei chroen.

"Aeth y chwerthin yn sownd yn ei gwddw wrth iddi deimlo llaw ei chariad yn ei thynnu'n ôl ... ac yna'n gollwng gafael yn llwyr.

"Doedd dim mwy o amser ganddi i ddychryn cyn i ddŵr yr afon ei llyncu. Teimlodd flanced o oerfel gwlyb yn lapio'i hun o'i hamgylch a gwelodd ei chariad yn sefyll ar y lan uwch ei phen. Edrychai i lawr arni, yn gwenu.

"Daeth ei chorff i'r golwg rai dyddiau wedyn. Erbyn hynny, roedd ei chariad wedi dod o hyd i fodan newydd yn barod. Alwn ni hi'n ... Carys.

"Priododd y ddau o fewn chydig wythnosa, a rhai yn sibrwd eu bod nhw'n eitem ymhell cyn hynny go iawn. Ei bod yn rhaid i'r boi gael gwared ar Llinos er mwyn priodi'r llall 'ma. Chafodd hyn mo'i brofi, wrth gwrs.

"Ond byth ers hynny, roedd rhywbeth yn ... wahanol ... ynghylch Llam Trwsgwl. Dechreuodd pobol weld peli o dân gwyn yn dawnsio ger glannau'r afon. Weithiau, byddai'n casglu yn un belen fawr, yn rhuo drwy'r awyr ar hyd y glannau. Ac roedd pobl yn clywed synau. Synau crio, a griddfan, a sgrechian. Llais y ferch gollodd ei bywyd yn y dŵr.

"Rhoddodd plant yr ardal enw newydd ar y lle – 'Llyn Nâd-y-Forwyn'. Mae nadu'n golygu crio, 'dach chi'n gweld. A'r forwyn? Wel, 'da chi'n gwbod pwy oedd hi erbyn hyn. Ein Llinos druan.

"Dechreuodd pobol gadw draw. Tyfodd glannau'r afon yn wyllt. Fel tasa'r byd isio i bawb anghofio am y lle. Ei guddio dan haenau o goed a deiliach a bloda gwyllt. A malwod. A phryfed cop. A stwff sbwci fel 'na.

"Ond doedd pawb ddim yn fodlon anghofio. Roedd 'na rai yn dal i ddod yma i neidio'r afon, flynyddoedd wedyn. Gan gynnwys ein taid ni. Neu'n hen daid. Neu'n hen hen daid. Neu'n hen hen hen ...

"Beth bynnag. Yma daeth o, yn ôl y llythyr 'ma. Fo a'i ffrindia, jest wrth iddi nosi. Fesul un, neidiodd y criw dros Lyn Nâd-y-Forwyn, yn hogia rhy fawr a rhy ddewr i boeni am yr holl straeon ysbryd. Yn chwerthin ac yn gweiddi ac yn sblasio'i gilydd a chael noson i'r brenin.

"Tan iddi *hi* godi o'r afon o'u blaena.

"Roedd ei ffrog hi'n socian, a'i gwallt du'n hongian yn llac dros ei hysgwydda. Ei llygaid yn ddu, ddu, fel dau bydew. Ei chroen yn wyn ac yn grychlyd i gyd ar ôl blynyddoedd o fod o dan y dŵr. Llithrodd pob math o bethau i mewn ac allan o'r tyllau lle roedd ei ll'gada 'di bod.

"Ffrwydrodd sgrech o'i cheg agored, yn torri trwy'r nos a llenwi'r tywyllwch o'u cwmpas. Caeodd y ffrindia eu ll'gada'n dynn, dynn, a gwthio'u bysedd i'w clustia. Ond doedd o ddim yn gweithio. Roedd y sgrech fel tasa hi'n dod o'r tu mewn iddyn nhw, rywsut. Ysgydwodd eu heneidia i'r byw.

"Ac yna, mor sydyn ag y dechreuodd o, daeth y sŵn i ben. Fesul un, agorodd y ffrindia eu ll'gada. Yn ara bach. Rhag ofn ei bod hi'n disgwyl amdanyn nhw, reit o'u blaena.

"Ond roedd y ferch 'di mynd. 'Di diflannu'n llwyr, fatha yn y sioe hud a lledrith 'na welson ni yn Blackpool. A'r unig arwydd ei bod hi 'di bod yno o gwbwl oedd cwlwm gwyllt o nadroedd yn union ble roedd hi wedi dod i'r golwg yn yr afon. Roedd rhai ohonyn nhw'n brwydro am eu bywyda rhag boddi yn y dŵr, ac eraill wedi llwyddo i lithro i fyny'r lan.

"Rhedodd yr hogia am adra yn syth. Ei heglu hi'n ôl am Feddgelert, ac am eu cartrefi saff. Yn fuan wedyn, rhoddodd ein taid, neu'n hen daid, neu'n hen hen daid, neu'n hen hen hen daid, y map 'ma at ei gilydd. A'r llythyr. Fel rhybudd i bawb oedd am ddilyn yn ôl ei draed o, gan eu siarsio i gadw draw o'r union le hwn, rhag ofn i'r ferch ymddangos eto. Rhag ofn iddi godi'n araf o'r dŵr fel gwnaeth hi o'r blaen, ei chroen yn wlyb, a'r dŵr yn diferu o'i gwallt. Rhag ofn iddi ymestyn ei braich allan, a'u llusgo nhw i mewn i'r afon ..."

"... yn union ... fel ... hyn!"

Neidiodd Harri o'r graig a gafael ym mraich Llinos, gan ei thynnu tuag ato.

Y bwriad oedd ei dychryn i'r byw, gwneud iddi ollwng y ffôn, o bosib, a rhedeg adre yn sgrechian, ei chynffon rhwng ei choesau.

Ac er mor dda oedd Harri fel storïwr, ac er ei fod yn clochdar am ddod yn awdur ar ôl iddo dyfu i fyny, roedd o'n frawd bach i Carys a Llinos o hyd. Dyma'r un bachgen oedd wrth ei fodd yn gwylio *Dora the Explorer* ac yn sticio darnau o Lego i fyny ei drwyn ddim ond ychydig o flynyddoedd yn ôl.

Doedd straeon arswyd gan frodyr bach byth yn *rhy* frawychus.

Gwthiodd Llinos ei brawd i ffwrdd. Disgynnodd Harri ar ei hyd ar y graig a hedfanodd y map o'i boced. Cyn iddo gael cyfle i'w gipio'n ôl, roedd Carys yno o'i flaen. Cododd Carys y papur, a hyd yn oed yng ngolau'r lleuad oedd yn dechrau sbecian drwy'r cymylau, gallai weld bod rhywbeth o'i le.

Roedd y map yn edrych yn rhyfedd o ystyried

ei fod wedi bod ar goll yng nghanol eiddo eu taid am ddegawdau a'r papur yn teimlo'n drwchus ac yn anystwyth, er gwaetha'r holl rychu a melynu. Cododd Carys y map yn agosach er mwyn ei astudio'n fanwl, a daeth rhyw chwa o arogl lled gyfarwydd i oglais ei ffroenau. Arogl chwerw, â thinc o felysrwydd iddo. Arogl tebyg iawn i ...

... ddail te.

Culhaodd llygaid Carys. Gadawodd i'r gwynt ddal gafael yn y papur, a llamodd at ei brawd, yn gafael ynddo gerfydd ei goler.

"Nid Taid oedd bia hwn! *Chdi* nath y map 'ma! A'i staenio efo te i wneud iddo fo edrach yn hen! Dim syndod bod Llinos na finna erioed 'di ca'l gweld y llythyr 'na gen ti!"

Roedd ffyrnigrwydd ei chwaer fawr yn fwy brawychus nag unrhyw stori arswyd. Cleciodd dannedd Harri gyda'i gilydd a rhewodd ei boer yn ei wddw.

"Ff-ff-ffŵl Ebrill!" meddai'n floesg.

"Ffŵl Ebrill? Ond ma hi'n fis *Mai!*"

"Ia, ond wnes i anghofio 'leni. O'n i isio gwneud iawn am hynny efo'r tric gora erioed. Dwi'n meddwl 'mod i 'di llwyddo ..."

Taflodd Carys ei brawd i'r llawr a chamu drosto.

"*Crinc.*"

"Felly doedd dim o hynny'n wir?" holodd Llinos.

"Gwir bob gair," atebodd Harri. "Neu mor wir ag y gall stori ysbryd fod. Ma'r holl beth ar yr *internet*, os 'dach chi'n gwbod lle i edrach."

"Stori *stiwpid*," poerodd Carys.

"Pam?" gofynnodd Harri.

"Achos bod y ferch 'na 'di diodda, 'de. *Os* oedd hi'n bodoli o gwbl. Wedi ei bradychu gan ei chariad, yn y ffordd fwya horibl, ar y noson cyn ei phriodas? Ac yn hytrach na'i chofio hi, fatha pobol gall, 'da ni 'di troi ei hanes hi'n jôc o beth. Stori fach ddiniwad i'w hadrodd rownd y tân. Pach! 'Dan ni ddim hyd yn oed yn cofio'i *henw* hi."

Cododd Harri ar ei draed a syllu ar y llawr, y gwynt wedi ei dynnu o'i hwyliau. Teimlodd awel yn codi'n oerach o'i amgylch.

"Am adra 'lly," meddai Llinos. "Bydd Mam yn poeni."

"Ow! Na!" protestiodd Harri. "'Dach chi ddim 'di gweld y lle eto! Ddes i yma wythnos ddiwetha, i baratoi. Dwi'n gwbod yn union ble mae o. Dilynwch fi!"

Baglodd Harri i glwstwr o wrychoedd a diflannu o'r golwg. Doedd gan ei chwiorydd ddim dewis ond ei ddilyn.

Daethon nhw o hyd iddo ychydig gamau i ffwrdd, yn sefyll uwchben y dŵr. Dim ond tua deg troedfedd o led roedd yr afon yn y man hwn. Ymhellach i fyny'r afon, yn cuddio yn erbyn y glannau roedd cwt bach, y drws wedi cau, a nifer o arwyddion swyddogol yr olwg wedi eu plastro drosto.

"Mae'r cwt 'na'n rwbath i neud efo'r Bwrdd Dŵr," meddai Harri. "Ond dyma'r lle, yn siŵr i chi. Dyma Lyn Nâd-y-Forwyn."

Dechreuodd Llinos ffilmio eto. *Doedd* dim lle gwell ar gyfer stori ysbryd. Roedd yn rhaid iddi gyfadde hynny. Chwipiai'r gwynt yn oer, oer ar draws y dŵr, brigau moel yn hongian fel bysedd dros yr afon, a dim sŵn i'w glywed oni bai am ambell i ddafad yn y pellter, yn brefu'n dorcalonnus wrth grwydro'r bryniau tywyll.

"Ti'n ffilmio, Llinos?" gofynnodd Harri.

"Ti'n fy nabod i'n rhy dda," sibrydodd Llinos yn ôl wrtho, gan wneud ei gorau i beidio torri ar y distawrwydd.

"Da clywad," atebodd Harri. "Sbia ar hyn."

Trodd Llinos ei ffôn mewn pryd i weld Harri yn rhedeg at lan yr afon a llamu i'r awyr. Chwyrlïodd ei freichiau a'i goesau fel melinau gwynt, a rhoddodd floedd o hapusrwydd gwallgo wrth hedfan dros y dŵr. Rhoddodd Carys ei llaw dros ei cheg, a gollyngodd Llinos ei ffôn gan roi gwich o ofn.

Doedd Harri ddim yn brin o hyder. Ond, fel roedd mabolgampau'r ysgol wedi dangos dro ar ôl tro, doedd ei neidio ddim cweit yn ddigon cryf. Plymiodd fel saeth tuag at y clogwyni ar lannau'r afon a brwydrodd ei draed i gael rhyw fath o afael ar y llethrau serth. Methodd.

Llithrodd i lawr yn nes ac yn nes at yr afon, sgrechfeydd ei chwiorydd yn codi yn y pellter. Gwingodd Harri pan drawodd y dŵr, a'r oerfel fel sioc drydanol o'i amgylch.

Gafaelodd rhywbeth yn ei goes.

Rhewodd Harri mewn dychryn. Roedd o'n gwybod yn iawn beth oedd yn gafael ynddo, yn ei dynnu i lawr i waelod y pwll. Gallai synhwyro'r peth, ei weld yn ei feddwl. Y croen gwyn, rhychiog. Y tyllau duon, a'r llygaid wedi hen bydru. Y sidan carpiog yn codi'n donnau. Suddodd Harri'n llwyr o dan y dŵr. Gallai deimlo'r bysedd esgyrnog yn erbyn ei wddw, yn oerach, hyd yn oed, na'r afon. Wrth iddo golli ymwybyddiaeth, clywodd lais isel yn ei glust, yn llenwi ei ben, yn sibrwd yr un gair drosodd a throsodd.

Roedd rhywbeth trwm yn taro'r dŵr. Teimlodd Harri siâp lled gynnes yn lapio'i hun yn dynn o amgylch ei ganol. Ffrwydrodd ei ben uwchben yr afon a llusgwyd ei gorff llipa draw at wely o laid a cherrig mân ar y glannau. Llanwodd ei ysgyfaint ag awyr unwaith eto a synhwyrodd fod Carys yn penlinio drosto. Pesychodd wrth iddi wasgu'r dŵr yn nerthol o'i ysgyfaint. Agorodd ei lygaid yn llydan, a gweld Llinos ar yr ochr arall yn syllu'n fud, ei ffôn wedi ei ollwng ar lawr.

"Harri!" ymbiliodd Carys rhwng ei dannedd. "Harri! Duda rwbath, yr *idiyt!*"

Rowliodd Harri ar ei fol a phoerodd yr olaf o'r dŵr allan.

"Siwan," meddai o'r diwedd. "Siwan oedd ei henw hi."

Aeth y tri ddim i'r gwely tan yn hwyr iawn y noson honno. Y daith adref ddaeth gynta, wrth gwrs, trwy ddrysfa dywyll o ddail a mieri, Harri yn hercian yr holl ffordd. Yna'r siwrne drwy Feddgelert ei hun, y tri gwlyb diferol yn llawn cywilydd wrth i ambell un chwerthin am eu pennau a gwneud sylwadau o dan eu gwynt yn nrysau tafarndai'r pentre.

Esbonio'r holl beth i'w mam ddaeth nesa, gyda Carys a Llinos yn gwneud y rhan fwyaf o'r siarad a Harri yn sefyll yn dawel yng nghornel y gegin, ei wyneb yn mynd yn gochach ac yn gochach bob munud. Roedd rhaid iddyn nhw adrodd y stori sawl gwaith cyn i'w mam ddod i unrhyw fath o ddealltwriaeth. Wnaethon nhw ddim trafferthu sôn am y peth o dan y dŵr. Doedd dim modd esbonio hynny.

Cymerodd Carys a Harri gawodydd cynnes, yn eu tro, cyn diflannu i'w hystafelloedd gan ddechrau tisian.

Gorweddai Llinos ar ei gwely drwy'r cyfan, ei llygaid ynghau, yn gwrando ar sŵn y gawod yn yr ystafell molchi drws nesa. Diolchodd ei bod hi adre'n saff ac addawodd iddi ei hun na fyddai hi'n dilyn Harri ar un o'i anturiaethau byth eto.

Llonyddodd y tŷ a thawelu. Yna, ar ôl i sŵn chwyrnu ysgafn lenwi'r lle, estynnodd Llinos am ei ffôn o'r diwedd a phowlio drwy holl fideos y diwrnod. Llanwyd ei hystafell â golau afreal.

"Roedd yr anturiaethwyr ar goll yn llwyr. Heb fwyd. Heb ddiod. Gyda dim ond hen fap i ddangos y ffordd … a'r haul yn prysur fachlud."

"Rho'r ffôn 'na i lawr, Llinos. Ym Meddgelert 'dan ni, ddim Mozambique."

Aeth Harri ati i adrodd ei stori ysbryd, a …

"Hm."

Aeth rhywbeth o'i le. Gwelodd siapiau bach gwyn yn llenwi'r sgrîn, bron fel y "storm eira" ar hen gasét fideo llychlyd roedd ei mam wedi ei ddangos iddi unwaith. Goleuadau nad oedden nhw i'w gweld pan oedden nhw yno ar y pryd, roedd hi'n sicr o hynny. Rhai ohonyn nhw'n cronni yng nghefn y ffrâm ac yn troi'n belen fwy wrth i sŵn isel dyfu yn y cefndir. Sŵn fel griddfan …

Brysiodd at y fideo nesaf.

"Ti'n ffilmio, Llinos?"

"Ti'n fy nabod i'n rhy dda."

"Da clywad. Sbia ar hyn."

Gwelodd ei brawd yn neidio unwaith eto. Yn ei daflu ei hun dros yr afon. Ac yna gwelodd fraich wen yn saethu allan o'r dŵr ac yn ei dynnu i lawr.

Rhoddodd Llinos sgrech fach fain a gollyngodd ei ffôn. Clywodd y peth yn taro'r llawr ac yn bownsio o dan y gwely, sgrechfeydd ei chwaer a synau tasgu dŵr yr afon yn gwichio allan ohono.

Roedd hi'n fore cyn iddi fentro ei nôl. Erbyn hynny, roedd batri'r ffôn wedi hen farw, a'r sgrîn yn hollol ddu.

HENO YN YR ANGLESEY

Ymlwybrodd Siân tuag at ddrws y dafarn gan lusgo dwy gitâr. Roedd hi'n canolbwyntio gymaint ar beidio'u gollwng fel na welodd hi'r gris isel o flaen y drws. Baglodd a syrthiodd ar ei gliniau gan ollwng y ddwy gitâr, a hwythau'n clatran ar lawr.

Edrychodd i fyny. Yn syllu i lawr arni'n fygythiol roedd hen arfwisg rydlyd.

Brasgamodd Deio heibio a drwm mawr yn ei freichiau.

"Wedi dychryn?" gofynnodd yn ddifater, a chamu drosti. "Ti'n dod i arfer efo'r peth 'na ar ôl tipyn."

Wrth gwrs. Roedd ei brawd mawr wedi bod yn yr Anglesey Arms droeon ar gyfer un gig ar ôl y llall. Ond dyma ei thro cynta hi.

Cododd y gitârs ac edrych tuag at yr arfwisg fel petai'n ei herio.

Dim ond addurn oedd hi. Dyna'r oll.

Camodd heibio iddi ac i mewn i'r dafarn.

Heblaw am yr arfwisg fawr ger y drws, doedd fawr ddim yno i'w wneud yn wahanol i weddill tafarndai Caernarfon. Nid bod Siân wedi mentro i lawer ohonyn nhw, a hithau ond yn bedair ar ddeg. Roedd y bar yn un digon syml yr olwg, gyda llond llaw o gwsmeriaid yn paratoi i archebu swper. Y tu hwnt, roedd bwydlen a bwrdd dartiau ar y wal, gyda dau ddart wedi eu plannu ynddo ac un arall ar lawr. Hollol gyffredin.

Er, roedd un peth wedi tynnu sylw Siân yn syth. Y band. Sefylliai pedwar dyn yn eu hugeiniau hwyr ar lwyfan cul ym mhen draw'r ystafell, golwg wedi diflasu'n llwyr arnyn nhw tra oedd un yn taro drwm bas drosodd a throsodd er mwyn profi'r sain. Roedd pob un wedi ei wisgo'n lliwgar, yn gymysgedd o jîns tynn a chrysau T llaes, paent a cholur yn gorchuddio eu hwynebau, ambell un yn gwisgo clustdlysau pluog. Nid y math o beth byddai rhywun yn disgwyl ei weld yng Nghaernarfon.

Pazuzu oedd enw'r band. Roedden nhw wedi cael ambell i *hit* ar Radio Cymru flynyddoedd maith yn ôl, cyn penderfynu mentro dros y ffin a thrio eu lwc yn Lloegr a thu hwnt.

Aethon nhw ddim yn bell iawn, a'u label recordio wedi eu gollwng fel bom ar ôl iddyn nhw fethu'n llwyr â chyrraedd y siartiau. Bellach roedden nhw'n ôl yng Nghymru, ac yn ceisio gwneud eu gorau i anwybyddu'r ffaith eu bod nhw wedi gadael o gwbwl.

Roedd Deio wedi cyffroi'n lân ers wythnosau, ar ôl i'w fand yntau gael ei ddewis i gefnogi Pazuzu ar eu taith fawreddog o gwmpas tafarndai'r gogledd orllewin.

Dim ond un peth oedd yn cyffroi Siân ynghylch y digwyddiad. Nid y gerddoriaeth oedd hwnnw, yn sicr. Roedd hi'n dipyn mwy o ffan o gerddoriaeth glasurol, er nad oedd hi'n debygol iawn o gyfadde hynny. Doedd treulio noson mewn tafarn am y tro cynta ddim yn gwneud llawer o argraff arni hyd hynny chwaith, a hithau'n fwy cyfforddus yn swatio yn y gwely gyda nofel dda.

Na. Yr unig reswm roedd hi yma oedd Owain.

Basydd grŵp ei brawd oedd o ac un o'i ffrindiau pennaf. Roedd wrth ei fodd efo pêl-droed, a phartïon, a cherddoriaeth swnllyd, ac wedi bod yn sôn am y gig wrth bawb oedd yn fodlon gwrando.

Dyma gyfle perffaith Siân i siarad yn gall â fo o'r diwedd. Ei *hunig* gyfle, hyd yn oed ar ôl adnabod Owain am flynyddoedd maith. Bob tro iddi roi cynnig arni yn y gorffennol, cododd swildod mawr o nunlle, a chafodd ei hatgoffa bod rheolau answyddogol pendant yn yr ysgol. Doedd dim rhaid i rywun cŵl fel Owain rannu'r un aer â rhywun fel hi.

Ond heno, doedd rheolau'r ysgol ddim yn berthnasol.

Wrth gwrs, roedd hi wedi meddwl y byddai'n sgwrsio'n gyfeillgar ag o yn y car, wrth i'w rhieni roi lifft iddyn nhw i'r dafarn. Daeth *mor* agos â hynny at siarad â fo fel petaen nhw'n hen ffrindiau, a hithau wedi gwasgu'n anghyfforddus o agos ato yn y sedd gefn. Ond aeth y daith heibio'n araf ac Owain a'i brawd yn clebran yr holl amser wrth i Siân aros yn fud, ei hwyneb yn cochi.

Wedi cyrraedd, camodd Owain yn sionc i'r dafarn, a rhieni Siân y tu ôl iddo. Roedden nhw wedi mynnu aros drwy'r nos gan fod Siân mor ifanc. Ar ôl eitha tipyn o brotestio a strancio, derbyniodd Deio yn y diwedd fod pawb am fod yno, ar ôl siarsio'i chwaer i gadw'n ddigon pell oddi wrtho wedi i'r drysau agor.

Derbyniodd Siân y fargen yn llawen. Doedd

ganddi ddim diddordeb mewn sgwrsio â'i brawd beth bynnag. Dim ond Owain oedd yn bwysig.

Wrth iddo godi ei gitâr fas a dechrau byseddu'r tannau'n dawel, sleifiodd Siân i fyny ato a chlirio'i gwddw, ei chalon yn curo'n ddireol.

"E-edrych ymlaen at y gig," meddai hithau. Trodd Owain ei ben. Am eiliad, syllodd arni fel petai ganddo ddim affliw o syniad pwy oedd hi, cyn i wên lydan ffrwydro ar draws ei wyneb.

"Fi 'fyd!" atebodd Owain. "Elli di gredu'n bod ni'n cefnogi Pazuzu? Ti'n ffan?"

"Ff-ffan mawr ohonat ti. Chi! Ohonoch *chi* o'n i'n feddwl. Y ... O-ond ... Pazuzu? Dwi 'bach yn rhy ifanc i gofio nhw, dwi'n meddwl. Ym ... fel ... dwi ddim yn ifanc *iawn*. O-o-ond ..."

Doedd Siân erioed wedi meddwl y byddai hi'n falch o weld ei brawd pan gamodd Deio tuag ati, a grŵp o ferched y chweched dosbarth yn ei ddilyn.

"O 'ma!" cyfarthodd Deio arni. "Cadw'n glir. Dyna gytunon ni."

Ciliodd Siân yn ôl at y bar ac archebu peint o

Goca-Cola yn chwerw. Roedd hi wedi bod yn gyfeillgar â sawl un o'r merched 'na rai misoedd yn ôl. Wedi sgwrsio'n hapus â nhw pan oedden nhw'n canu yng nghôr yr ysgol. Ond nawr roedden nhw'n ei hanwybyddu hi'n llwyr, bob un mewn colur a dillad drud yr olwg, a hithau wedi gwneud ei gorau i edrych yn ddi-hid mewn hen bâr o jîns a chrys siec arferai berthyn i'w thad.

Teimlodd ei hun yn cochi eto. Gwagiodd bron i hanner ei diod mewn un llwnc a suddo i lawr ar ei stôl.

Roedd drymiwr Pazuzu yn dal i daro'i ddrwm mawr, drosodd a throsodd, wrth i ddyn ym mhen arall yr ystafell chwarae'n ddiddiwedd â botymau'r ddesg sain. Crechwenodd Siân. Er holl glochdar Deio am y band, doedd roc a rôl ddim yn edrych yn beth mor gyffrous â hynny wedi'r cwbwl ...

Tynnodd Siân ei ffôn o'i phoced wrth i'r canwr ddechrau cyfarth i mewn i'r meicroffon. Byddai llun o hyn yn gwneud iddi edrych fymryn yn fwy cŵl o flaen gweddill ei dosbarth, o leiaf.

Wrth iddi bwyso botwm i dynnu'r llun, gwelodd, drwy sgrin ei ffôn, ei gwydr peint yn neidio oddi ar y bar. Nid yn disgyn, nac yn cael ei wthio. Yn *neidio*.

Cyn iddi gael cyfle i roi ei ffôn yn ôl yn ei phoced, clywodd y gwydr yn bownsio oddi ar y llawr caled. Yn bownsio fel pêl, yn hytrach na chwalu fel y disgwyl, gan dasgu Coca-Cola dros drenyrs ei brawd. Edrychodd Siân i ffwrdd o'r ffôn mewn pryd i weld y gwydr yn dod i stop ar lawr ac yn troelli yn ei unfan, a Deio yn syllu arni'n gandryll. Chwarddodd y merched o'i amgylch a chamodd Deio yn bwrpasol tuag ati yn union wrth i Pazuzu ddechrau chwarae cân go iawn o'r diwedd.

"Os ydi fy sgidia i 'di sbwylio ..." bygythiodd Deio, yn gwneud ei orau i godi ei lais uwchben yr holl sŵn, "*chdi* sy'n talu. Ma'n ddigon drwg bod Mam a Dad yma heb i chdi dreulio'r holl noson yn achosi embaras."

"Wnes i ddim ..." dechreuodd Siân, ond trodd ei brawd ar ei sawdl a'r geiriau yn mynd ar goll yn y cawlach o sŵn gitârs a drymiau oedd bellach yn llenwi'r dafarn. Wrth i'w rhieni fentro allan i ddianc rhag y sŵn, aeth Deio yn ôl i sgwrsio â'i fand a chododd Siân ei ffôn eto.

Roedd hi wedi llwyddo i dynnu llun o Pazuzu ... ac o'u blaenau, yn hollol eglur, y gwydr peint yn hedfan drwy'r awyr, heb neb ar ei gyfyl.

Doedd y llun ddim yn dystiolaeth o ddim byd, wrth gwrs. Roedd Siân wedi gwylio digon o *Ghost Hunters* a *Most Haunted* a *When Ghosts Attack* i ddeall hynny. Dim ond hi oedd yn gwybod y gwir – bod y gwydr 'na wedi neidio'n hollol ar ei liwt ei hun a bownsio pan ddylai fod wedi chwalu'n ddarnau mân, yn union fel petai rhywun yn gafael ynddo drwy'r adeg.

Gwnaeth ei gorau i'w rheoli ei hun. Roedd diddordeb wedi bod ganddi yn y math yma o beth erioed ... pethau anesboniadwy ... ond roedd hynny'n un o'r amryw o bethau roedd rhaid iddi eu cadw'n dawel yn yr ysgol, er mwyn peidio rhoi'r argraff anghywir i bobl fel Owain.

Ar ôl gwibio trwy lond llaw o ganeuon, bob un yn swnio'n rhyfeddol o debyg i'w gilydd, daeth prawf sain Pazuzu i ben o'r diwedd, a band ei brawd yn dechrau cymryd eu lle ar y llwyfan.

Trodd Siân ei chefn arnyn nhw mewn ymgais i edrych yn ddi-hid a mynd i eistedd yn y gornel tra oedd Pazuzu yn setlo wrth y bar. Er bod golwg y band yn ddigon trawiadol o bellter, roedd posib gweld y gwendidau wrth iddyn nhw agosáu. Roedd y dillad yn rhad ac yn dyllog, wedi eu prynu o siop elusen, fwy na thebyg, a'r band yn amlwg wedi gwneud eu colur eu hunain. Roedden nhw'n edrych fel criw o fechgyn bach wedi eu gwisgo fel fampirod ar nos Galan Gaeaf neu fwystfilod o hen ffilm arswyd ddu a gwyn.

"Cofio ni'n whare fan hyn tua 2015?" gofynnodd un. "Erioed wedi meddwl y bydden ni'n ôl. Ni oedd yr Arctic Monkeys newydd, i fod."

"Cymryd brêc y'n ni, cofia," atebodd un arall. "Ni ddim yn ein tridegau eto. Digon o amser i goncro'r byd, Barry."

Archebodd y band eu diodydd a dechrau eu hyfed yn anniddig.

Yn y man, siaradodd y canwr, Barry, unwaith eto.

"O leia dy'n ni ddim yn aros 'ma tro hyn." Chwarddodd gweddill y band yn sur, gan adael i Barry siarad. "Ches i erio'd lai o gwsg na pan arhoson ni 'ma. Dyna'n gwmws fy lwc i. Aros mewn gwesty'n llawn ysbrydion a chael yr ystafell waethaf. Ystafell tri. Mae'n enwog, medden nhw. Edryches i mewn i'r peth wedyn. Yr holl le wedi ei adeiladu ble roedden nhw'n arfer crogi pobl, tu fas i'r castell. Dim rhyfedd bod pethe'n mynd *bump in the night* 'ma. Allwch chi jest ddychmygu'r holl bethe erchyll ddigwyddodd fan hyn!"

Torrodd aelod arall o'r band ar draws.

"Pam ma'r stwff 'ma wastad yn digwydd i ti, Barry? Yr unig reswm golles i gwsg oedd achos dy fod di'n sgrechen fel babi drwy'r nos drws nesa i fi. Weles i ddim byd. Na gweddill y bois."

"Y dart!" meddai Barry yn fuddugoliaethus. "Cofio pan nethon ni whare dartie? A nath un ohonyn nhw *neidio* mas o'r bwrdd, heb i ni gyffwrdd â'r peth?"

"Dart gwael! Neu wedi ei daflu'n wael, fwy na thebyg. Neu ddaeargryn, Barry! Pam ma'n rhaid i ti feddwl yn syth am 'ysbrydion' fel esboniad?"

"Ond mae pobol yn riporto'r peth dro ar ôl tro! Dyw e ddim fel bod Caernarfon yn *earthquake hotspot*, nag yw? Ac ma'n hawdd i chi wherthin ar fy mhen i. Welsoch *chi* ddim y ... y pethe 'na yn ystafell tri."

Daeth distawrwydd annifyr dros y band. Ysgydwodd Siân ei hun allan o'i synfyfyrio, ar ôl sylweddoli ei bod hi wedi rhewi yn y fan a'r lle ers iddyn nhw ddechrau sgwrsio am ysbrydion. Doedd hi ddim yn mynd yn wallgo felly. *Roedd* 'na rywbeth yma.

Edrychodd i lawr, a sylwi eto ar yr un dart ar lawr ... fel pe bai wedi neidio allan o'r bwrdd o'i wirfodd.

Gwnaeth ei gorau i fagu hyder i siarad â'r band am eu profiadau. Ond yna, cododd Barry ar ei draed a llowcio'r cwrw dyfrllyd yr olwg yng ngwaelod ei wydr.

"Digon o hyn. Wy ddim moyn ail-fyw'r peth eto. KFC, bawb?"

"Ma fe 'di cau, Barry."

"Reit, ni byth yn dod i'r gogledd eto. Dim ots faint y'n ni moyn yr arian."

Ysgubodd y band allan o'r dafarn fel corwynt, gan adael Deio yn taro'i ddrwm drosodd a throsodd ar y llwyfan a gweddill ei fand yn disgwyl yn ddiamynedd.

Safodd Siân yn ei hunfan ymhell ar ôl i Pazuzu ddiflannu, a neb ond hi'n dyst i'r sgwrs wrth y bar.

Ystafell rhif tri. Dyna oedd canolbwynt y cyfan mae'n rhaid.

Roedd ganddi ddewis. Un ai aros a gwylio Deio a'i ffrindiau yn mynd drwy eu pethau hyd syrffed ...

... neu mynd i weld yr ystafell â'i llygaid ei hun.

Sleifiodd drwy ddrws cefn a dringo dwy set o risiau gan ddilyn arwyddion at y llawr uchaf. Ac yno, ar hyd coridor digon di-nod yr olwg, roedd ystafell rhif tri yn disgwyl amdani a'r drws yn lled agored.

Oedodd Siân am eiliad. Roedd rhywun yn yr ystafell, mae'n rhaid. Mentrodd yn nes, ar flaenau ei thraed, gan osod ei llaw yn erbyn ffrâm y drws a sbecian i mewn yn ofalus.

Na. Roedd y lle'n gwbl wag.

Roedd rhan o Siân, y rhan resymegol, wyddonol, eisiau aros yn y coridor er mwyn cwestiynu *pam* roedd y drws ar agor. Ond roedd rhan arall, y ferch fach chwilfrydig oedd yn dal i lechu y tu mewn iddi yn rhywle, yn fwy na pharod i gymryd y cyfle.

Sleifiodd drwy'r drws a'i gau'n ysgafn ar ei hôl.
Doedd dim byd anghynnes am yr ystafell ei hun.
Dau wely wedi eu gwneud yn dwt, teledu bach ar

y wal, tegell a chwpanau wedi eu gosod yn ddel ar ddesg fach oddi tano. Ond roedd pethau'n wahanol y tu allan i'r ffenest, gyda'r haul yn prysur fachlud, ei belydrau olaf yn diflannu y tu ôl i waliau'r castell a gwyll annifyr wedi lapio'i hun yn dynn o amgylch tref Caernarfon.

Safodd Siân o flaen y ffenest, heb gofio'n union sut daeth hi yno. Teimlodd ofn rhyfeddol yn cydio ynddi wrth feddwl am hanes y lle. Dychmygodd waliau'r castell, mewn gwell cyflwr nag oedden nhw erbyn hyn, a chyrff yn hongian oddi arnyn nhw ar raffau cryfion.

Cyn adeiladu'r dafarn, roedd pobl yn cael eu crogi *fan hyn*. O dan ei thraed hi, o bosib.

Teimlodd ei hun yn crynu, a'r ysfa i redeg allan o'r ystafell a gadael y dafarn yn gyfan gwbl, yn ei llenwi o'i chorun i'w sawdl.

Clywodd sŵn traed cyflym y tu ôl iddi yn gwibio ar draws yr ystafell. Rhewodd yn ei hunfan. I ddechrau, meddyliodd mai llygoden fawr oedd yno. Rhaid ei bod hi'n llygoden fawr, *fawr* i wneud y fath stŵr.

Gwrthododd yn glir â throi, rhag ofn iddi weld beth oedd yn rhannu'r ystafell â hi. Ond yn y ffenest, gallai weld adlewyrchiad o'r drws y tu ôl iddi, a dwrn y drws yn ysgwyd yn wyllt, fel petai rhywun yn gwneud ei orau i'w agor.

Teimlodd ei holl gorff yn cosi a'i thymheredd yn codi'n afresymol.

Dianc, sgrechiodd llais yn ei meddwl. *Mae'n rhaid i ti ddianc rŵan.*

Yna disgynnodd siâp tywyll o'r awyr, yn union y tu allan i'r ffenest, a tharo'n galed yn erbyn y gwydr gyda'r fath glec. Siâp corff.

Yn sydyn taflwyd switsh ym mhen Siân. Llamodd at y drws, ei dwylo'n cau'n dynn o amgylch y dwrn. Gwnaeth ei gorau i rwygo'r drws ar agor ond roedd rhywbeth yn ei gadw ynghau yr ochr arall. Tynnodd Siân yn ei erbyn gan ddefnyddio'i holl egni, dafnau o chwys yn tasgu o'i thalcen, ei thraed yn llusgo ar hyd y carped.

Yn sydyn, taflwyd y drws ar agor a disgynnodd Siân ar ei hyd drwyddo. Baglodd ar ei thraed a rhuthro allan o'r ystafell, ar hyd y coridor, i lawr y grisiau a thrwy'r bar. Erbyn hyn, roedd band ei brawd ar ganol cân. Pan welson nhw hi, fe gollon nhw reolaeth ar y gerddoriaeth am eiliad a syllu'n syn arni yn mynd heibio ar ras.

Rhuthrodd i'r stryd, ei gwynt yn ei dwrn, a bron â tharo'r hen arfwisg drosodd wrth y drws. Gwibiodd heibio'i rhieni a'r ddau'n brysur yn mwynhau'r amser prin heb blant yn swnian, gan ddewis ei hanwybyddu'n llwyr.

Daeth i stop o'r diwedd ger yr afon ac edrych yn ôl at y dafarn.

Roedd y lle'n edrych mor fach o'r fan hon. Yr holl bethau oedd wedi bod yn ei phoeni ers cyrraedd – ei brawd a'i ffrindiau, heb sôn am ba bethau llawn dial bynnag oedd wedi ei dilyn o amgylch y lle – wedi eu cyfyngu bellach i bedair wal wen oedd yn swatio yn erbyn muriau anferth y castell.

Dim ond sgwaryn bach o oleuni yng nghanol tywyllwch y nos oedd y dafarn o'r fan hon.

Dechreuodd Siân deimlo rhyw fath o ryddid wrth

sylweddoli bod cymaint o bethau nad oedd hi'n eu deall. Cymaint o gwestiynau heb eu hateb. Pethau gwyllt a gwallgo fel ysbrydion a bwganod. Ond pethau anoddach eu deall, hefyd ... fel Owain.

Gwyddai mai dim ond yn un lle roedd yr holl atebion i'w cael.

Gydag un cam ar ôl y llall, yn rhyfeddol o bwrpasol, cychwynnodd Siân yn ôl am yr Anglesey Arms. Oedodd o flaen y drws, ei rhieni yn ei gwylio'n wyliadwrus y tu ôl iddi bellach. Y tu hwnt i'r hen arfwisg rydlyd, gallai weld ei brawd yn chwerthin yng nghanol criw o ffrindiau, y prawf sain ar ben. A'r tu hwnt iddo yntau safai Owain, yn pwyso yn erbyn wal, ar ei ben ei hun.

Caeodd Siân ei llygaid.

Roedd hi newydd gael ei chloi mewn stafell fach oedd yn llawn ofn a marwolaeth, gan lwyddo i gerdded allan yn un darn. Roedd wedi dianc ac wedi goroesi.

Pwy a ŵyr beth oedd gan weddill y noson ryfedd hon i'w gynnig?

Cymerodd anadl ddofn, gan frasgamu heibio'r arfwisg, ac anelu'n syth am Owain.

PULPUD

Crensiodd Tecwyn drwy garped o dyfiant trwchus, cyn llamu dros y rhuban tenau o lwybr a cherdded gan gicio'r glaswellt hir ar yr ochr draw, yn syllu ar ei draed yr holl ffordd.

"Tecs!" cyfarthodd ei fam o'i flaen, gan oedi am eiliad i sychu chwys o'i thalcen. "Mae'r llwybr yna am reswm. Defnyddia fo."

Anelodd Tecwyn gic at bentwr o ddail ac ymuno â'i

fam yn anhapus. Ochneidiodd hithau'n ddramatig. "Sbia ar y mwd 'na dros dy sgidia di. Be *fysa* dy dad yn ddeud?"

Rhewodd Tecwyn. Syllodd i fyw llygaid ei fam, ei gên hithau'n syrthio a'i gwefus isa yn dechrau crynu.

"Mae'n ddrwg gen i," meddai'n sigledig. "Weithia dwi'n anghofio ..."

Martsiodd Tecwyn heibio iddi, yn paratoi i bwdu am weddill y diwrnod. Ond wrth glywed ei fam yn brwydro yn erbyn dagrau y tu ôl iddo, sadiodd ei hun a throi ar ei sawdl.

"Ma'n iawn," meddai Tecwyn. "Dwi'n anghofio 'fyd. Peth cynta'n bora 'di'r gwaetha. Dwi'n deffro ac yn disgwyl clywad Dad yn dod i fyny'r grisia er mwyn fy llusgo i allan o'r gwely."

Brasgamodd ei fam tuag ato a gafael ynddo'n dynn.

"Mae'n ddrwg gen i, Tecs," meddai eto. "Wir yr. *Mor* ddrwg gen i."

Doedd Tecwyn ddim cweit yn siŵr pam roedd ei

fam yn ymddiheuro – am iddi ddweud rhywbeth hurt? Am ei orfodi i fynd am dro hir yng nghanol nunlle? 'Ta am y ffaith syml bod ei gŵr – tad Tecwyn – wedi marw rai wythnosau ynghynt?

Siyfflodd Tecwyn ei draed.

"Does dim rhaid i ti ddeud sori," meddai. "Am hynny ... nac am ddim byd arall."

Oedodd am eiliad.

"Wel ... gei di ymddiheuro am un peth. Paid â 'ngalw i'n 'Tecs', Mam. Mae'n gwneud i fi swnio fatha cymeriad cartŵn."

Gwenodd ei fam, a gwasgu Tecwyn yn dynnach.

"Wrth gwrs," atebodd hithau. "Ddim isio gwneud i chdi deimlo'n wirion, nag oes? A chditha bron â dechrau yn yr ysgol uwchradd. Cŵl dŵd."

"Mam!"

Brasgamodd y ddau yn eu blaenau. Roedd yr holl sôn am dad Tecwyn wedi agor y llifddorau, ac atgofion melys ac annifyr yn llenwi eu meddyliau. Ceisiodd Tecwyn ei orau i wthio un ddelwedd o'i ben – ei dad yn ei wely ysbyty, y salwch wedi teneuo'i groen a'i fwyta'n fyw, pan glywodd o sŵn clecian yn union y tu ôl iddo, fel rhywun yn camu ar frigyn tenau.

Troellodd yn ei unfan.

Doedd neb i'w weld.

"Mam," sibrydodd, "dwi'n meddwl bod 'na rywun yn ein dilyn ni."

"Mae hwn yn llwybr digon poblogaidd, cariad. Fysa fo'n od tysa 'na *neb* arall yma ar ddiwrnod fel hyn."

Edrychodd Tecwyn tuag at y cymylau llwyd uwch ei ben – y rhai oedd i'w gweld trwy ganopi trwchus y coed – gan adael ei fam i ymlwybro ymhell o'i flaen. Doedd hi ddim wedi esbonio eto pam roedd hi wedi ei lusgo allan o'r tŷ, gan fynnu ei fod yn gwisgo esgidiau cerdded, a'i arwain i ganol coedwig wrth ymyl Llan Ffestiniog oedd yn teimlo'n anghyfforddus o agos at fod yn jyngl.

Clywodd sŵn rhywun – neu rywbeth – yn chwerthin yn groch o'r tyfiant gwyllt wrth ei ymyl. Chwipiodd ei ben i'r cyfeiriad hwnnw a gweld cysgod yn gwibio drwy glwstwr o redyn ac yna'n saethu i fyny un o'r coed. Ac ai ei ddychymyg oedd o, 'ta oedd 'na ddau lygad bach coch yn sbecian o'r düwch?

"Gwiwer," meddai wrtho'i hun gan chwerthin. Dyna'r oll.

Rhedodd yn ei flaen beth bynnag, yn teimlo'r awydd sydyn i glosio'n agos at ystlys ei fam. Edrychodd hithau i lawr yn garedig wrth ei deimlo yn ei herbyn.

"Oeddet ti'n gwbod bod 'na ddewin yn arfer byw ffor'ma?" gofynnodd ei fam, o nunlle. Edrychodd Tecwyn yn ôl yn syn. O ble roedd hyn yn dod, tybed?

"Dewin," atebodd o'r diwedd. "Fatha Gandalf?"

"*Gwell* na Gandalf. Huw Llwyd oedd ei enw, ac yn byw bron i bedwar can mlynedd yn ôl. Milwr oedd o i ddechra, yn ymladd yn Ffrainc a'r Iseldiroedd, cyn dod 'nôl adra a phenderfynu ei bod yn lot gwell ganddo fo ymladd ysbrydion a gwrachod. Seithfed mab i seithfed mab oedd o, ti'n gweld. Mae gan bobol fel'na bwerau hud, medden nhw."

Clywodd Tecwyn y sŵn chwerthin unwaith eto. Closiodd yn nes fyth at ei fam. Roedd fel petai hi heb glywed dim byd.

"Mae 'na sôn am griw o ladron yn trio dwyn ganddo fo ym Metws-y-coed. Taflodd Huw Llwyd swyn drostyn nhw, a'u rhewi nhw yn y fan a'r lle. Gawson nhw eu deffro'r bore drannoeth ganddo fo ... jest mewn pryd i gael eu harestio.

"Dro arall, roedd criw o ferched – gwrachod, yn ôl y bobol leol – yn rhedeg tŷ tafarn ddim yn rhy bell o fan hyn, ac yn dwyn oddi ar y cwsmeriaid. Daliodd Huw un o'r gwrachod yn sleifio i mewn i'w stafall o, wedi iddi ei throi ei hun yn gath fach er mwyn cipio pres heb wneud gormod o stŵr. Chafodd neb unrhyw broblema yno ar ôl i Huw Llwyd orffen efo'r gwrachod 'na, coelia di fi.

"Ac wedyn dyna'r tro i ffrind drio'i ddychryn o drwy wisgo fel bwgan. Cynfas wen, tylla ynddi hi ... clasur. Wrth gwrs, doedd Huw Llwyd ddim yn dychryn mor hawdd â hynny. Yn dawel ac yn ddigyffro, pwyntiodd y tu ôl i'w fêt yn ei gynfas, a dweud bod 'na ysbryd go iawn yn cuddio y tu ôl iddo fo. Rhedodd hwnnw adra nerth ei draed, heb edrych yn ôl."

Crwydrodd mam Tecwyn o amgylch tro yn y llwybr, sŵn afon Cynfal yn rhuo'n uwch ac yn uwch. Ac yna gwelodd ei mab rywbeth rhyfeddol.

Roedd piler o graig yn codi o'r afon, ynghanol pair berw o ddŵr gwyn. Roedd y top yn fflat, a'r ochrau bron yn berffaith sgwâr, er bod y glaw, dŵr yr afon, a threigl amser yn amlwg wedi llyncu talpiau mawr ohono. Edrychai fel rhywbeth o gêm fideo, wedi ei lusgo allan o'r sgrîn a'i ollwng i'n byd ni.

Chwibanodd Tecwyn gan edmygu'r olygfa drawiadol o'i flaen. Cymerodd ei fam anadl ddofn.

"Digwydd bod," aeth hithau yn ei blaen, â thinc od o emosiwn yn ei llais, "digwyddodd y stori yna yn union ble 'dan ni'n sefyll rŵan."

Teimlodd Tecwyn y blew yn codi ar ei war. Edrychodd dros ei ysgwydd. Chlywodd o ddim y sŵn chwerthin, na gweld unrhyw gysgodion na llygaid cochion yn symud yn y coed. Ond roedd rhywbeth yn ei wylio. Roedd yn sicr o hynny.

"Pulpud Huw Llwyd," meddai ei fam, fel nad oedd hi'n synhwyro bod dim byd o'i le. "Dyna'r enw ar y lle 'ma. Elli di ddyfalu pam?"

Gorfododd Tecwyn ei hun i edrych o'i flaen ac anwybyddu'r teimlad cynyddol annifyr yn chwyddo oddi fewn iddo. Pwyntiodd at y piler o graig.

"Wel, mae hwnna'n edrych yn union fel pulpud. Fatha'r un yn y capal ers talwm."

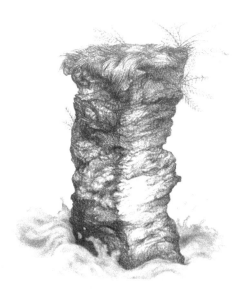

"Dyna chdi. A gweinidog y lle yma oedd Huw Llwyd ei hun."

Eisteddodd ei fam ar lawr, ei choesau'n hongian dros ddyfroedd gwyllt yr afon. Safodd Tecwyn yn ei unfan, gan ddawnsio'n nerfus o'r naill droed i'r llall ... rhag ofn bod rhywbeth yn penderfynu ymosod arno drwy'r coed.

"Roedd o'n mentro i ganol yr afon," meddai ei fam, "ac yn dringo ar ben y graig. Paid ditha â thrio gwneud, Tecs."

"Tecwyn, Mam. Tecwyn."

"Mae'n beryg bywyd."

"Alla i weld hynny. Dwi ddim yn wirion bost."

"Ac o'i bulpud, efo pobol yn dod o bob cwr o Fro Ffestiniog i'w weld o, roedd Huw Llwyd yn ... consurio. Yn taflu swynion, gan dynnu ar bŵer yr elfennau – tân, dŵr, yr awyr, a'r ddaear. Yn ymladd yn erbyn pob math o ellyllon ac ysbrydion drwg oedd yn chwyrlïo drwy'r lle 'ma fel pryfaid mân. Ac yn pregethu, fel unrhyw weinidog gwerth ei halen."

"Tysa'n gweinidog ni 'di ymladd ysbrydion,"

meddai Tecwyn, "fysa capal 'di bod yn fwy o hwyl."

Chwarddodd ei fam, ei llais bron yn cael ei foddi gan sŵn yr afon yn rhuo.

"Nid pawb oedd yn gwerthfawrogi'r peth, chwaith. Un tro, penderfynodd ffermwr ddod yma i heclo Huw, yn union fel 'tasa fo'n mynd i glwb comedi heddiw. Roedd o'n meddwl ei fod o'n dipyn o foi ... tan i'w holl wartheg o ddechrau marw'n sydyn, am ddim rheswm. Doedd ganddo fo ddim dewis wedyn ond mynd i weld Huw Llwyd, ei gap yn ei law, ac ymddiheuro."

"Wnaeth hynny weithio? Oedd gweddill ei wartheg yn iawn wedyn?"

"Oeddan ... ar ôl i Huw gael tâl am ei wasanaeth. Wel, mae'n rhaid i ddyn wneud pres rywsut, yn does?"

Arhosodd y ddau yn eu hunfan am sbel, yn gwrando ar sŵn y dŵr yn corddi oddi tanyn nhw. Bron na allai Tecwyn weld ffurf hen ddyn yn sefyll ar y graig, ei freichiau'n chwyrlïo o'i amgylch wrth iddo gonsurio, a thorfeydd o bobol yn gwylio o'r glannau wrth i gysgodion saethu drwy'r awyr gan ymladd yn erbyn Huw a'i bwerau.

Aeth Tecwyn ar goll yn ei ddychymyg yn llwyr. Doedd dim modd gwybod faint o amser oedd wedi bod. Teimlai fel petai tonnau'r dŵr a brigau'r coed oedd yn chwifio yn y pellter wedi ei daflu i drwmgwsg. Aeth ei galon i'w wddw ar ôl iddo ddod ato'i hun eto a sylweddoli bod ei fam wedi diflannu.

"Mam?" sibrydodd wrth edrych o'i gwmpas, a chamu'n ôl o'r afon.

Doedd dim un creadur byw yn y golwg. Dim aderyn, na gwiwer, na physgodyn, heb sôn am ei fam. Dechreuodd calon Tecwyn guro'n gyflymach ac yn gyflymach.

"Mam?" gofynnodd, yn uwch y tro yma. Daeth y chwerthin o'r coed eto.

Rhewodd Tecwyn yn ei unfan. Teimlodd y gwrychoedd y tu ôl iddo'n ysgwyd.

Y gwynt, meddyliodd wrtho'i hun. *Wrth gwrs. Y gwynt ydi o. Dim byd arall.*

Gan wneud ei orau i beidio cynhyrfu, trodd

Tecwyn i wynebu'r gwrychoedd.

Roedden nhw'n gwbwl lonydd.

Teimlodd ei drowsus yn siffrwd wrth i rywbeth led-gyffwrdd â'i goes. Troellodd, gan anelu cic at … ddim byd.

Yna gwelodd y siâp – neu *hanner siâp*, yn hytrach, fel petai rhywun wedi cymryd siswrn a thorri hollt ddu yn y byd – yn dringo i fyny'r creigiau ar ochr arall yr afon, a diflannu i mewn i'r goedwig gan chwerthin yn wichlyd. Dyna'r un sŵn roedd o wedi ei glywed ar hyd y daith.

Doedd o *ddim* wedi dychmygu hynny. Roedd y peth tua maint ci, ei gorff du chwyddedig fel penbwl seimllyd, ac yn rhedeg ar draws y creigiau ar goesau fel neidr gantroed. Edrychai ei ben fel petai'n dyfiant maleisus ar ei wddw, roedd ganddo bydew o geg yn llawn dannedd fel cyllyll, a'i lygaid wedi eu cuddio mewn plygiadau o gnawd.

Roedd ei athrawon wastad wedi dweud bod ganddo ddychymyg cryf, ond gweld pethau nad oedd yno? Roedd hynny ar lefel hollol wahanol …

Daliodd ei anadl. Symudodd ei lygaid yn araf bach, o'r naill ochr i'r llall, gan archwilio pob modfedd o'r glannau rhag ofn i'r peth neidio allan eto. Gallai'r peth fod yn cuddio y tu ôl i unrhyw goeden, mewn unrhyw gysgod.

Yna gollyngodd Tecwyn ei holl anadl o'i ysgyfaint ar unwaith. Roedd rhywbeth yn ei wylio o hyd. Rhwng dwy hen dderwen, dan len o gysgodion, gallai weld pâr o lygaid gleision yn syllu'n syth tuag ato.

Nid y llygaid coch oedd wedi bod yn ei ddilyn hyd yma. Roedd y rhain yn wahanol ...

Bu bron iddo alw am ei fam. Gweiddi, tro 'ma. Sgrechian nerth ei ben. Ond roedd rhywbeth ynghylch y llygaid 'na, yn disgleirio yng nghanol y tywyllwch, oedd yn tawelu ei feddwl. Bron nad oedd o'n medru clywed llais yn ei ben yn ei siarsio i beidio cynhyrfu, i aros yn llonydd.

Clywodd rywbeth yn clochdar chwerthin eto, yn anghyfforddus o agos. Disgynnodd yn ôl wrth i'r siâp du, hyll, lithro allan o'r coed, a llamu drwy'r awyr tuag ato. Gallai weld ei holl goesau'n cicio'n wyllt, a rhywbeth tebyg i boer du yn tasgu o'i geg.

Gallai weld ei lygaid cochion yn llosgi.

Yna rhewodd y creadur yng nghanol yr awyr, fodfeddi'n unig o wyneb Tecwyn. Dechreuodd ei goesau gicio'n ffyrnicach fyth wrth i'r peth bach ddychryn.

Rywsut, llwyddodd Tecwyn i edrych draw dros yr afon. Yno, yn sefyll ymysg y coed a'r brwgaitsh, roedd hen ddyn mewn dillad carpiog yn dal un llaw allan o'i flaen, a'i farf hir a llwyd yn chwifio yn y gwynt cryf a godai o'i amgylch.

Caeodd y dyn ei lygaid gleision a mwmian rhes o eiriau oedd yn swnio i Tecwyn fel nonsens i ddechrau ... nes iddo wrando'n astud a llais y dyn petai'n codi uwchben sŵn y gwynt. Roedden nhw'n swnio fel y geiriau hud o lyfrau Harry Potter.

Lladin, meddyliodd Tecwyn.

Daeth yr hen ddyn â'i ddwylo at ei gilydd, fel petai'n gwasgu darn mawr o bapur i siâp pêl. Dechreuodd y creadur du wingo'n wyllt, ei geg yn agor yn llydan a gwich hir yn llifo ohoni. Wrth i'w holl goesau ysgwyd yn ddireol, syfrdanodd Tecwyn wrth weld corff y peth yn troi'n ddim byd ond llwch o flaen ei lygaid. O'i gynffon fach hyd at ei lwmp o drwyn, chwythwyd y bwystfil i ffwrdd ar awel y gwynt a hedfan dros yr afon mewn rhubanau prydferth cyn troelli o amgylch y dyn ar yr ochr arall a saethu tua'r awyr mewn corwynt.

Agorodd yr hen ddyn ei lygaid yn araf, cyhyrau ei gorff main yn llacio wrth i haen o lwch ddisgyn yn araf dros y coed.

Gwenodd yn llydan, gan ddatgelu ceg yn hanner llawn o ddannedd melyn, y gweddill wedi pydru'n ddim.

"Popeth yn iawn," meddai, ei lais yn swnio fel ewinedd yn crafu wal goncrit. "Dim ond ellyll bach. Ac wedi mynd rŵan. Pwff! Dim rheswm i boeni. Dim o gwbwl."

Roedd pen Tecwyn yn troi a llu o gwestiynau'n brwydro am ei sylw. Ond y pwysicaf, o bell ffordd, oedd:

"Pwy ydach chi?"

Chwarddodd yr hen ddyn – neu wneud sŵn nad oedd yn swnio'n *rhy* annhebyg i chwerthiniad beth bynnag. Fel rhywun yn *dynwared* sŵn chwerthin, ac yntau yn ceisio'i achub ei hun rhag boddi ar yr un pryd.

"Ty'd yn dy flaen," meddai o'r diwedd, a thynnu clogyn carpiog yn dynnach amdano. "Ti'n gwybod yr ateb yn barod, Tecs."

Bu bron i Tecwyn brotestio. Dechreuodd ei geg ffurfio'r geiriau ...

Peidiwch â 'ngalw i'n Tecs.

... ond torrodd yr hen ddyn ar ei draws.

"Hyd yn oed ar ôl pedwar can mlynedd, mae 'na ellyllon a phwcaod yn dal i grwydro'r lle 'ma. Elli di gredu'r peth? Rhaid i *rywun* gadw trefn arnyn nhw, a chadw pobol yn ddiogel. A dydw i ddim wedi medru dod o hyd i neb sy'n ddigon gwirion i gymryd fy lle. Ddim *eto* beth bynnag, Tecs."

Cododd yr hen ddyn un ael yn awgrymog. Chwipiodd chwa arall o wynt cryf o'i gwmpas.

Trodd ei gefn. Dechreuodd yr awyr o flaen Tecwyn dywynnu'n olau, gan edrych fel petai rhywun yn ysgwyd llenni o olau pur o'i flaen. Ac yna …

"Tecwyn?"

Roedd ei fam yn sefyll yno, yn cydio ynddo gerfydd ei ysgwyddau. Agorodd Tecwyn ei lygaid led y pen. Gafaelodd yn dynn yn ei fam ac edrych dros ei hysgwydd wrth iddi ei gofleidio. Roedd yr hen ddyn, ac unrhyw beth oedd ar ôl o'r creadur bach, wedi diflannu.

"Mae'n ddrwg gen i am dy adael di," meddai ei fam. "Ond roeddet ti'n edrych mor heddychlon yn edrych dros y dŵr. Fatha bod rywun wedi dy hypnoteiddio di, braidd. Do'n i ddim isio torri ar draws. A beth bynnag, roedd 'na … rwla ro'n i angen mynd …"

Agorodd Tecwyn ei geg a pharatoi i esbonio popeth … ond sut roedd dechrau esbonio rhywbeth doedd o ei hun ddim yn ei ddeall?

"Ro'n i ar fin adrodd diwedd stori Huw Llwyd," aeth ei fam ymlaen. "Os ti ffansi?"

Nodiodd Tecwyn. Aeth ei fam yn ôl i eistedd uwchben yr afon.

"Roedd o'n hen, hen ddyn pan fynnodd o fod ei ferch yn dod i'w weld o yn ei gartre, dafliad carreg o fan hyn. Rhoddodd ei holl lyfrau hud iddi a dweud wrthi am daflu'r cwbwl i ganol llyn Pont Rhyd Ddu.

"Gadawodd ei ferch y tŷ, ei breichiau'n gwegian dan bwysa'r llyfrau. Roedd hi'n gwbod yn iawn pam roedd ei thad wedi gofyn iddi wneud peth mor hurt, wrth gwrs. Roedd o'n marw a ddim isio i neb arall gael gafael ar y llyfrau. Ond doedd hi ddim isio cael gwared ar betha gwerthfawr ei thad chwaith. Penderfynodd guddio'r llyfrau, cyn cychwyn yn ôl am fwthyn Huw.

"Roedd ei thad yn eistedd i fyny yn y gwely, yn disgwyl amdani. Gofynnodd iddi be ddigwyddodd pan daflodd hi'r llyfrau i'r llyn. Cododd ei hysgwyddau a deud bod y llyfrau wedi suddo i'r gwaelod heb ffws na ffwdan. Aeth Huw Llwyd yn *gandryll*. Trodd ei wyneb yn goch, a gorchymyn i'w ferch drio eto.

"Tro 'ma, aeth hi'r holl ffordd at y llyn, a thaflu'r

llyfrau i mewn. Aeth hi'n wyn a disgyn ar ei hyd pan saethodd dwy law allan o'r dŵr a llusgo'r llyfrau i'r gwaelod.

"Crwydrodd yn ôl i dŷ ei thad, ei phen yn troi. A pan gyrhaeddodd hi yno … roedd o wedi mynd."

Syllodd Tecwyn i ben draw'r afon, lle roedd yr hen ddyn wedi sefyll rai munudau ynghynt.

"Wedi marw?" gofynnodd Tecwyn.

"Wel, ia … meddai rhai. Ond mae 'na rai yn adrodd stori wahanol. Does 'na ddim cofnod o'i farwolaeth nac ewyllys ganddo fo. Mae rhai'n dweud …"

"Ei fod o'n dal i fod o gwmpas?" cynigodd Tecwyn. Cododd ei fam ei haeliau. "Ei fod o wedi osgoi marw. Dewin oedd o wedi'r cwbwl, 'de? A bod pobol wedi ei weld o'n crwydro hyd heddiw. Fatha dyn o gig a gwaed, yn hytrach nag ysbryd."

Aeth ias drwy ei fam.

"Sut rwyt ti'n gwbod hyn i gyd?" gofynnodd.

Oedodd Tecwyn cyn chwerthin yn uchel. Braidd yn *rhy* uchel, fel petai'n gwneud ei orau i guddio'r gwir.

"Roeddet ti bron ar ddiwadd y stori'n barod, Mam. Roedd o'n gwbwl amlwg i ble roedd petha'n mynd."

Edrychodd ar wyneb ei fam yn iawn am y tro cynta wedi iddi ddychwelyd at lannau'r afon. Daeth chwerthin Tecwyn i ben yn syth wrth sylweddoli bod dagrau'n sychu ar ei bochau.

"Mam ..."

"Dyma lle daeth dy dad a fi ar ein dêt cynta," esboniodd hithau, dagrau newydd yn cronni yng nghorneli ei llygaid. "A gorffen ein taith ni fan'cw, yn edrych dros y pulpud."

Pwyntiodd fys crynedig at y gwrychoedd, lle roedd hi wedi diflannu rai munudau ynghynt.

"Ro'n i isio gweld y lle unwaith eto. Fan'cw clywais i'r straeon 'ma, gan dy dad. Ew, roedd o'n adrodd stori'n dda. Ac yn gwbod holl hanesion yr ardal. Mae'n bwysig i ti eu cofio nhw hefyd, 'sti. Mae darllen y straeon 'ma mewn llyfr yn un peth, ond eu clywad nhw, yn enwedig gan storïwr fel dy dad? Mae hwnna'n beth cwbwl wahanol."

Estynnodd am hances boced i sychu ei llygaid.

"Dwi'n ei golli o," meddai. "Bob munud o bob awr o bob dydd."

Eisteddodd y ddau yn dawel, yn gwrando ar ruo'r afon o amgylch Pulpud Huw Llwyd.

"Ella nad ydi o 'di mynd o gwbwl," mentrodd Tecwyn o'r diwedd. Chwarddodd ei fam o nunlle, yn rhochian yn uchel.

"Am ysbrydion ti'n sôn rŵan?"

"Na, dim byd fel'na. Ond ... wel, 'dan ni *yn* ei gofio fo, yn dydan? Bob munud o bob awr o bob dydd, fel ddudist ti. Sbia ar Huw Llwyd. Mae o 'di diflannu ers pedwar can mlynadd, ond 'dan ni'n dal i adrodd straeon amdano fo, yn dydan? Dydi pobol ddim yn marw mor hawdd â hynny."

Penderfynodd Tecwyn beidio sôn am *gwrdd* â Huw Llwyd, na'r ellyll bach, wedi gweld bod dagrau bellach yn llifo'n rhaeadrau i lawr wyneb ei fam. Rhoddodd ei fraich amdani'n betrusgar.

"Ti'n swnio'n union fatha fo weithia," meddai hithau drwy'r dagrau. "Dwi mor browd ohonat ti,

Tecs ... wps. Tecwyn. Sori."

Gwenodd Tecwyn.

"Ma'n iawn, Mam. Gei di alw fi'n Tecs. Dwi ddim yn yr ysgol uwchradd eto, nag'dw? Ddim cweit."

Eisteddodd y ddau yno'n hir, yn gwrando ar synau'r dŵr ac ar yr adar yn dychwelyd i'r coed.

Ac o'r tyfiant trwchus ar draws yr afon, edrychodd pâr o lygaid gleision arnyn nhw, wedi eu cuddio gan y cysgodion.

GARTH DORWEN

Roedd hi'n anarferol o gynnes y bore hwnnw o fis Ebrill, a chanol pentre Pen-y-groes yn rhyfeddol o brysur. Rhwng y cyfan, camodd Ifan a Marged Owen yn ofalus, fel petaen nhw'n cerdded trwy haid o anifeiliaid gwyllt.

Ffermwr fu Ifan erioed. Wedi ei eni a'i fagu ar fferm Garth Dorwen ar gyrion y pentre, a dim ond yn gadael ar yr adegau prin pan oedd ganddo reswm da iawn dros wneud.

Roedd Marged wedi gweld mwy o'r byd. Bu'n gweithio fel bydwraig ac yn teithio ledled Cymru cyn rhoi'r gorau iddi a setlo ym Mhen-y-groes er mwyn helpu ei gŵr newydd â'i fferm. Roedd hi'n ddigon bodlon, serch hynny. Yn hapus ei byd yng Ngarth Dorwen ers bron i chwarter canrif, yn tendio'r tŷ fferm, y beudy, a'r gwartheg duon.

Ar y bore arbennig hwnnw, roedd hi'n ysu i adael y pentre yn syth a mynd yn ôl i guddio ar y fferm. Roedd pethau braidd yn *rhy* brysur iddi hi. Y bobl ifanc yn neidio i'w llwybr ac yn dod yn anghyfforddus o agos. Bron na allai hi deimlo dwylo yn ei phwnio hi pan doedd neb o'i chwmpas, a theimlo llygaid anweledig yn ei gwylio.

Roedd hi ar fin cerdded heibio hen ddynes ar y palmant o'i blaen, cyn sylweddoli ar yr eiliad olaf ei bod yn ei hadnabod. Rhian Martin, o fferm y Wernlas ar ochr arall y pentre oedd hi. Dechreuodd y tri ohonyn nhw, Ifan, Marged a Rhian, glebran am hyn a'r llall. Pethau digon dibwys i ddechrau – y tywydd, prysurdeb y pentre, beth bynnag oedd y gyfres boblogaidd ddiweddaraf ar y teledu, ond yna daeth y cwestiwn a fyddai'n newid bywydau Ifan a Marged am byth.

"A be amdanoch chi?" gofynnodd Rhian, yn gwbl ddiniwed. "Cadw'n iawn yn y Garth Dorwen 'na?"

"Hy," atebodd Ifan yn swrth. "Mynd yn hen 'dan ni, 'de? A sgen pawb ddim byddin o helpars fatha chi yn y Wernlas."

Gwenodd Rhian yn ffals. Oedd, roedd y Wernlas yn fferm dipyn cyfoethocach na Garth Dorwen, a dim prinder o bobl leol yn fodlon helpu – am bris, wrth gwrs.

"Deud y gwir," meddai Rhian yn feddylgar, "mae'n bosib y gallwn ni roi benthyg helpar i chi ..."

Aeth ymlaen i sôn am ei hwyres – Elan – oedd yn dod i ddiwedd ei hamser yn y chweched dosbarth ac yn edrych am ychydig o bres poced ychwanegol cyn cychwyn am y coleg. Roedd ei rhieni'n mynnu ei bod hi'n talu amdani hi ei hun yn hytrach na dibynnu arnyn nhw. Hyd yma roedd Elan wedi gwrthod mynd allan i chwilio am waith. Roedd hi'n hapusach yn aros yn ei hystafell yn syllu ar ei ffôn.

"Y plant 'ma a'u ffôna," ebychodd Ifan. "Dwi'n synnu'u bod nhw'n mynd allan o gwbwl."

Daeth y sgwrs i ben yn fuan wedi hynny, gydag Ifan a Marged yn ysu am gael mynd adre, a Rhian yn hanner addo y byddai hi'n gyrru ei hwyres draw atyn nhw cyn gynted â phosib.

Dros y dyddiau nesaf, anghofiodd Ifan a Marged am y sgwrs bron yn llwyr … nes i Elan ddod i Garth Dorwen, yn gwbl ddirybudd.

Daeth cnoc ar y drws un bore, tua diwedd mis Ebrill. Rhoddodd Marged y gorau i'r gwaith tŷ er mwyn ei hateb. Ac yno, wedi ymgolli yn ei ffôn, roedd merch ifanc yn sefyll.

Y peth mwyaf trawiadol amdani oedd ei gwallt. Gwallt du, du, oedd fel petai'n sugno'r golau allan o bopeth o'i amgylch, ac yn llifo i lawr yn rhaeadrau gloyw gan dasgu'n urddasol dros ei hysgwyddau. Yna, yn ara deg, rhoddodd y ferch y gorau i edrych ar ei ffôn.

"Dudodd Nain fod angan i mi ddod yma," meddai hi o'r diwedd, mewn llais llawer dyfnach na'r disgwyl. "Elan 'dw i."

"Wrth gwrs," atebodd Marged. "Nabod dy nain yn iawn, siŵr. Ond wnaeth Ifan a finna anghofio'n llwyr am hyn, cofia. Wrthi'n godro mae o. Bydd *o'n* gwbod be i wneud."

Taflodd Marged gôt amdani a thywys Elan ar draws yr iard tua'r beudy. Hanner ffordd yno, safodd Elan yn llonydd a syllu tua'r cae yng nghefn y fferm, oedd bellach yn tyfu'n wyllt, gyda chwyn yn lledu ar ei draws ac yn llusgo cerrig mân y tu ôl iddyn nhw. Y tu ôl i'r cae hwnnw roedd pwll o ddŵr corslyd. Gweddillion hen lyn, wedi ei anghofio ers talwm.

"Be 'di hwnna?" gofynnodd Elan yn y man, ei llais yn bell i ffwrdd. Syllodd Marged heibio iddi, yn gwneud ei gorau i weld beth oedd mor arbennig am y cae gwag.

"Hm? O, ia. Cae Cefn. Lle da i'r plant chwarae ers talwm, ond maen nhw wedi gadael erbyn hyn. Dim llawer yna ond chwyn bellach. Does gan Ifan ddim syniad be i wneud efo'r lle. Ty'd 'wan. Hen bryd i ti gyfarfod y gwartheg 'na. Ac Ifan, mwn."

Wastraffodd Ifan ddim amser yn tywys Elan o amgylch gweddill y fferm – yr ychydig ohoni nad oedd hi wedi ei weld yn barod. Ac yna, dechreuodd hithau arni.

Doedd hi ddim yn gwbl newydd i'r math hwn o waith. Er cyn lleied o ddiddordeb oedd ganddi yn fferm ei rhieni, roedd ychydig o allu ffermio wedi suddo i mewn i'w chroen dros y blynyddoedd, rywsut.

O fewn rhai dyddiau roedd Ifan yn ddigon bodlon gadael Elan i wneud ambell beth ar ei phen ei hun. Ac yn fuan wedyn – lai na phythefnos ar ôl iddi gyrraedd Garth Dorwen – roedd hi'n mynnu bod Ifan yn rhoi ei draed i fyny ac yn gadael y gwaith caled iddi hi. Roedd o'n fwy na pharod i wylio'r teledu drwy'r dydd wrth i Elan lanhau a godro a bwydo'r gwartheg.

Ambell dro, mentrodd Marged i'r beudy gyda phaned o de a phlatiaid o fisgedi. Bob tro, byddai'n gweld Elan yn pwyso yn erbyn yr wal, yn gwenu o glust i glust, heb wneud fawr ddim. Cymerai Elan y te a'r bisgedi a'u llowcio'n awchus cyn gyrru Marged o'r beudy'n syth, a'i siarsio nad oedd angen help arni o gwbl.

Weithiau, wrth adael y beudy, meddyliai Marged iddi weld drwy gorneli ei llygaid siapiau yn symud yn ôl ac ymlaen yno. Dim byd mwy na chysgodion fyddai'n gwibio o'r golwg ar yr eiliad olaf.

Doedd gan Ifan ddim llawer o ddiddordeb yn hyn, pan soniodd Marged amdano un noson.

"Ti'n gweithio'n rhy galad," meddai'n ddiamynedd. "Ymlacia. Waeth i ti ofyn i Elan helpu efo'r tŷ hefyd. Os ydi hi'n cymryd at goginio fel y gwnaeth hi at waith fferm, byddwn ni'n bwyta fel brenhinoedd yma. Ddim ond am yr haf fydd hi yma, cofia. Felly gwna'r gora ohoni rŵan."

Ond doedd Marged ddim am ildio rheolaeth o'i gwaith mor hawdd â'i gŵr. Daliodd i weithio ... a daliai i weld y cysgodion wrth i'r haf dreiglo yn ei flaen.

Dechreuodd Ifan a Marged gael amryw o negeseuon gan y cwmnïau bychain lleol oedd yn defnyddio eu cynnyrch. Roedd eu menyn a'u caws a'u hufen iâ nhw yn blasu gymaint gwell ers i Elan ddechrau gweithio yng Ngarth Dorwen, a neb yn medru deall beth oedd wedi newid mewn cyfnod mor fyr.

"Be *mae* hi'n wneud efo'r gwartheg 'na, meddat

ti?" gofynnodd Ifan un diwrnod, wrth syllu'n freuddwydiol tua'r beudy. "Bydd rhaid i ni ofyn iddi cyn iddi hi fynd. Ond mae ganddi hi sbel yma eto ... be sy' ar y teli heno, tybad?"

Rai munudau'n ddiweddarach, mentrodd Marged allan gyda phaned o de i Elan. Daeth o hyd iddi yng nghanol yr iard, yn syllu unwaith eto tuag at Gae Cefn. Roedd yr haul yn danbaid, a'r ychydig o wair ar y cae yn sych grimp. Ond er ei bod hi wedi bod yn gweithio drwy'r bore, doedd dim diferyn o chwys yn agos at Elan.

Cymerodd hithau'r baned a throi at Marged, golwg braidd yn drist yn ei llygaid.

"Ti'n iawn, 'mechan i?" gofynnodd Marged yn garedig.

"Ceirch," atebodd Elan. Ysgydwodd Marged ei phen mewn dryswch.

"Pardwn?"

"Dyna be ddylsach chi wneud efo Cae Cefn. Tyfu ceirch, i wneud llefrith. Dyna'r dyfodol, medden nhw. Y figans 'ma ddim yn gallu yfad digon o'r stwff.

Dwi'n siŵr y bysa fo'n llwyddiant i chi."

"Reit. Ceirch. Wel, sonia i wrth Ifan. Ond ..."

Rhoddodd Elan y mwg yn ôl, ar ôl llyncu'r te poeth yn annaturiol o gyflym.

"Jest ... peidiwch ag anghofio," meddai, a throi yn ôl am y beudy heb air arall.

Deffrodd Ifan a Marged yn hwyr y bore wedyn, y gwartheg yn brefu'n anniddig yn y beudy.

Gwisgodd y ddau yn gyflym a chychwyn ar draws yr iard. Roedd y gwartheg wedi eu cloi yn eu corlannau bychain a doedd Elan ddim ar gyfyl y lle.

"Ble *mae'r* hogan 'na?" gofynnodd Ifan, gan fynd ati i ddatgloi'r corlannau a pharatoi rhyw lun o frecwast i'r creaduriaid druan. Mentrodd Marged i'r iard a chraffu tua'r ffordd fawr. Roedd y giât ar agor ... a beic Elan yn gorwedd ar y glaswellt y tu hwnt, wedi ei droi ar ei ochr.

Roedd hi yma, felly. Yn rhywle.

Dechreuodd Ifan a Marged chwilota'r fferm gyfan, o un pen i'r llall. Aethon nhw i edrych drwy'r tŷ, o'r top i'r gwaelod. Edrychodd y ddau drwy'r hen siediau y tu hwnt i Cae Cefn, a sbecian i mewn i'r pwll dŵr rhag ofn bod Elan wedi disgyn i mewn iddo.

Dim golwg.

Toc cyn cinio, doedd dim dewis ond rhoi galwad i rieni Elan. Oedd, *roedd* hi wedi mynd i'r gwaith y bore hwnnw, ond wedi gadael y tŷ yn oriau mân y bore, cyn i neb arall ddechrau stwyrian. Doedd neb wedi ei gweld, a hynny'n rhyfedd ar y naw, gan ei bod hi'n ben-blwydd ar Elan yn ddeunaw, digwydd bod, a phentwr o gardiau ac anrhegion yn disgwyl amdani.

Dywedodd Marged y byddai'n sicr o ddod o hyd i Elan, a llais ei mam yn llenwi â mwy a mwy o ddychryn wrth i'r alwad barhau. Rhoddodd Marged y ffôn i lawr.

Wrth i'r diwrnod fynd heibio, cafodd Garth Dorwen ei droi â'i phen i lawr. Cafwyd mwy o alwadau hefyd, rhwng Ifan a Marged a theulu Elan

i ddechrau. Yna dechreuodd yr heddlu ffonio ...
a chyn pen dim, daeth car plismyn drwy'r giât a
pharcio o flaen y tŷ.

Daeth llu o gwestiynau anghyfforddus yn rhaff
ar ôl ei gilydd, ac Ifan a Marged yn esbonio eto
ac eto wrth blismones sych a phigog, a phlismon
ieuengach, dipyn mwy cyfeillgar, â mop o wallt coch,
nad oedd Elan wedi tywyllu'r fferm ers deuddydd.
Na, doedd dim syniad ganddyn nhw i ble y gallai hi
fod wedi diflannu. Oedd, roedd hi'n rhyfedd fod ei
beic wedi ei adael ar eu tir. Na, doedd hi ddim wedi
bod yn ymddwyn yn od. Ddim o gwbl.

Ceirch, meddyliodd Marged wrthi ei hun. Ond
soniodd hi ddim gair am hynny.

Cyrhaeddodd mwy o'r heddlu. Heidiau ohonyn
nhw, gyda chŵn, i archwilio pob modfedd o'r fferm.

Daeth dim i'r golwg unwaith eto, a'r cŵn yn rhedeg
o gwmpas y fferm yn ysgwyd eu cynffonnau'n hapus
yn hytrach na gwneud eu gwaith.

Fel tasen nhw'n rhedeg ar ôl cysgodion, meddyliodd
Marged.

Wrth i'r haul fachlud, diflannodd yr holl heddlu fesul llwyth car, a phob un ohonyn nhw'n dod yn fwy ac yn fwy sicr nad oedd gan Garth Dorwen fwy o gyfrinachau i'w datgelu. Yr olaf i adael oedd y ddau gyntaf i gyrraedd y bore hwnnw. Diflannodd y blismones i'w char yn swta, ond arhosodd y dyn pengoch am eiliad, yn pwyso ar do'r car gydag awgrym o gydymdeimlad yn ei lygaid.

"Diolch am eich amser," meddai. "Busnas od iawn. Wrth gwrs, mae 'na lot o betha od 'di bod yn digwydd yn ddiweddar. Tyswn i 'di gwbod o flaen llaw am y petha *weird* byswn i'n gorfod delio efo nhw yn y job 'ma ..."

"Aled!" cyfarthodd y blismones o'r tu fewn i'r car. "Ty'd, wir."

Daeth mwy o heddlu o bryd i'w gilydd dros yr wythnosau nesaf. A chriwiau teledu a newyddiadurwyr yn gwneud eu gorau i ddatrys y dirgelwch a dod o hyd i Elan.

Ddaeth hi ddim yn ôl i Garth Dorwen.

Trodd yr haf yn hydref, ac yna'n aeaf, a daeth llai a llai o ymwelwyr i'r fferm wrth i'r byd symud ymlaen a gadael Elan ar ôl. Mentrodd Ifan a Marged allan hyd yn oed yn llai aml nag o'r blaen. Dechreuodd trigolion Pen-y-groes sibrwd a hel straeon amdanyn nhw y tu ôl i'w cefnau, a phlant y pentre yn rhedeg i ffwrdd wrth i'r ddau agosáu, gan ofni am eu bywydau.

Tua diwedd y gwanwyn, daeth cyfnod hir o dywydd garw wrth i'r pentre a'r wlad o'i gwmpas gael eu llyncu gan niwl gwlyb, diddiwedd. Cuddiodd Marged y tu ôl i waliau Garth Dorwen, yn treulio'r naill ddiwrnod ar ôl y llall yn gwylio dafnau glaw yn taro'r ffenestri, gyda phaned yn ei dwylo.

Un bore, ar ôl i Marged wylio'r niwl yn rowlio o'r llyn yng Nghae Cefn a setlo'n flanced drom ar y buarth, synnodd weld car du, hen ffasiwn, yn llithro i lawr y dreif a pharcio o flaen y tŷ. Arhosodd Marged yn y ffenest yn ei wylio am rai eiliadau, gan ddisgwyl i Ifan ymddangos o'r beudy i gyfarch pwy bynnag oedd yn y car. Ond ymddangosodd ei gŵr ddim.

Ddim wedi clywed sŵn y car, efallai. Wedi meddwl, prin roedd Marged wedi clywed yr injan ei hun.

Rhoddodd ei phaned i lawr ar y bwrdd. Y peth nesa, roedd hi'n sefyll wrth ymyl y car. Agorwyd un o'r ffenestri gan ddatgelu dyn ifanc, main. Roedd ei wallt mor olau, roedd o bron yn arian. Syllodd yn ddideimlad arni. Teimlai Marged ei bod mewn peryg o ddisgyn i byllau duon ei lygaid.

"Marged?" gofynnodd y dyn, gan fflachio gwên lawn dannedd gwynion. Ddisgwyliodd o ddim am ateb ganddi. "I'r car, os gwelwch yn dda."

"Esgusodwch fi?" atebodd Marged. "Dwi'n siŵr bod fy mam wedi fy rhybuddio i rhag dilyn dynion od i mewn i geir."

Ochneidiodd y dyn wrth agor y drws a gwneud lle i Marged eistedd wrth ei ymyl. Sylweddolodd Marged am y tro cynta fod corgi bach yn gorweddian ar ei liniau.

"Roeddet ti'n fydwraig, dwi'n clywed? Mae'r teulu yn dy gofio di, weli di. Y wraig 'cw yn geni babi. *Rŵan.* Alla i ddim ei helpu hi ar fy mhen fy hun. Ti 'di'n hunig ddewis ni, mae arna i ofn ..."

Aeth llu o gwestiynau ar wib drwy feddwl Marged. Y mwyaf, wrth gwrs, oedd ...

Pam nad ewch chi i ysbyty?

... ond roedd rhywbeth am natur y dyn oedd yn gwthio'r fath gwestiynau o'i meddwl. Teimlodd ei hun, unwaith eto, yn cael ei llyncu gan y llygaid 'na ...

Yn y pen draw, llwyddodd i wthio un cwestiwn allan.

"Pwy ydi'ch teulu chi?"

Gwenodd y dyn ifanc yn lletach fyth wrth i Marged fynd i mewn i'r car.

"Rwyt ti'n eu nabod nhw," meddai, wrth ymestyn drosti i gau'r drws, a'r corgi bach yn syllu arni. "Mae pawb yn nabod fy nheulu i. Does dim rheswm i bryderu, Marged. Gwna'r un peth yma i mi, a chei di ddod adre'n syth."

Rhuthrodd mwy a mwy o gwestiynau drwy feddwl Marged wrth i'r car gychwyn allan drwy'r giât.

Pwy sy'n gyrru? I ble 'dan ni'n mynd? Ydw i'n gwbwl wallgo?

Ond cafodd pob cwestiwn ei fygu, bron cyn iddi sylweddoli ei bod hi yn eu meddwl nhw. Canolbwyntiodd ar y niwl, yn cau'n dynnach ac yn dynnach o amgylch y car. Bron na allai weld siapiau'n chwyrlïo ynddo. Dwylo a bysedd yn dawnsio ... neu blanhigion a brigau'n chwipio heibio'r ffenestri ... neu ddafnau glaw yn disgyn yn ddidrugaredd. Doedd hi ddim yn siŵr.

Cyn pen dim, daeth y siwrne i ben. Dilynodd Marged y dyn ifanc allan o'r car, ac i mewn i ... beth? I goedwig? Roedd fel petai boncyffion yn ei hamgylchynu, mwsog a madarch yn slwtsian yn wlyb o dan ei thraed, a'r dyn yn ei harwain i agoriad tywyll mewn hen goeden yn syth o'i blaen ...

Ac yna roedden nhw'n camu drwy'r agoriad a chafodd Marged ei hun mewn tŷ moethus. Edrychai fel hen blasty, gyda dodrefn a llestri a gwaith celf amrywiol o gwmpas y lle, a'r cyfan fel pin mewn papur. Brysiodd y dyn ifanc i fyny'r grisiau ac i ystafell ar y llawr cyntaf, Marged yn dynn wrth ei sodlau yr holl amser.

Yna roedd hi mewn ystafell wely. Siambr anferth, mwy o gelfi drud yr olwg yn llenwi pob twll a chornel, a gwely moethus yn y gornel bellaf. Arno roedd merch benfelen, ryfeddol o brydferth, yn chwysu, yn anadlu'n drwm ac yn gafael yn dynn ym mhyst y gwely.

"Fy ngwraig," esboniodd y dyn yn bwyllog. "Mae arni hi dy angen di, Marged."

Edrychodd Marged i gyfeiriad y gŵr ifanc. Am y tro cynta, gwelodd yr awgrym lleiaf o ansicrwydd yn ei lygaid duon.

Y peth nesaf, roedd Marged wrth ymyl y gwely, yn sibrwd geiriau o gysur i'r ferch ifanc ac yn gwneud ei gorau i gofio'i blynyddoedd yn yr ysbyty.

Roedd 'na sgrechian. A chwysu. A llefain. A gwaed. Ond yn y pen draw, rhoddodd Marged faban newydd sbon ym mreichiau'r ferch. Gwenodd hithau, yn rhy flinedig i siarad, wrth i'r plentyn grio nerth ei ben.

"Hogyn," meddai Marged o'r diwedd, gan wirioni ar y blewiach golau, tenau, ar ei ben. Edrychodd ar y gŵr ym mhen pella'r ystafell. "Ac mae ganddo fo eich gwallt chi."

Nodiodd y dyn, yn rhyfeddol o ddigyffro.

"Bydd angen rhywun i edrych ar ei ôl o," meddai yntau, "wrth i mi fynd o gwmpas fy mhetha. Arhoswch chi'ch dwy fan hyn."

"Gwyn ..." sibrydodd y ferch yn wan, ac estyn llaw at ei gŵr. Ond roedd o allan drwy'r drws cyn iddi fedru dweud mwy. Daeth distawrwydd llawn tyndra dros yr ystafell wrth i Marged a'r ferch edrych ar ei gilydd yn ansicr.

Wrth feddwl yn ôl, fedrai Marged ddim cofio llawer o be ddaeth wedyn. Gallai gofio ychydig o siarad mân rhyngddi hi a'r fam – er na ddysgodd hi ei henw hi – a digon o fwytho'r bachgen bach a gwneud yn siŵr ei fod yn gyfforddus. Cofiai bryderu amdano wrth astudio ei lygaid. Roedden nhw'n goch, goch, a gwythiennau bron â byrstio allan ohonyn nhw. Wrth iddi fentro cymryd golwg agosach arnyn nhw, dechreuodd y peth bach sgrechian yn uwch ac yn uwch.

Dyna pryd cerddodd y dyn – Gwyn – yn ôl i mewn.

"Ei ... ei lygaid o," meddai Marged, yn teimlo braidd yn nerfus, er nad oedd hi cweit yn siŵr pam. "Mae'r cradur bach mewn poen. Dwi'm yn siŵr be sy'n ..."

Ar ganol ei brawddeg, estynnodd Gwyn i'w gôt laes a thynnu pot pridd bach allan. Tynnodd y corcyn a rhoi blaen ei fys i mewn. Daeth allan wedi ei orchuddio ag eli gwyn.

Yn addfwyn, gan fwmian geiriau o gysur, rhwbiodd yr eli yn erbyn amrannau'r plentyn. Daeth ei lefain i ben yn syth, a chiliodd y gwythiennau cochion y mymryn lleiaf.

Gosododd Gwyn y pot pridd yn nwylo Marged.

"Mae'n gyffredin iawn yn ein teulu ni," esboniodd

yn bwyllog. "Ond bydd yr eli yma'n helpu ryw fymryn. Rhwbia hwn o amgylch ei lygaid bob hyn a hyn, a bydd o'n iawn cyn pen dim. Ond ..."

Aeth ei lais yn galed.

"... paid titha â chael y peth yn agos at dy lygaid di. Mae 'na ... sgileffeithiau. Os nad wyt ti'n diodde o'r un salwch. Os nad wyt ti yn un o'r teulu."

"Wela' i," atebodd Marged yn ansicr.

Gyda'i dwylo'n crynu, rhoddodd Marged ei bys yn y pot a thaenu'r eli ar draws llygaid y plentyn. Ciliodd y cochni ymhellach fyth.

"Be yn union sy'n bod efo ..."dechreuodd Marged. Ond roedd Gwyn wedi diflannu unwaith eto, gan gau'r drws â chlep fawr swnllyd. Neidiodd Marged mewn braw a rhoi llaw ar ei hwyneb.

Cododd y ferch yn y gwely ei hysgwyddau.

"Mae o'n gwneud hynny'n reit aml," meddai. Edrychodd Marged tuag ati ... a chamu'n ôl mewn sioc wrth i'r ferch a'r ystafell o'i chwmpas drawsffurfio'n llwyr o'i blaen.

Newidiodd lliw'r dillad gwely o wyn i lwyd

budr. Ymddangosodd gwe pry cop yn hongian o'r nenfwd. Gwelodd Marged faw a llwch fel petai'n dod o nunlle yn y corneli, y pren ar y waliau'n pydru, a'r brics yn troi'n bowdwr. Ond roedd y cyfan yn aneglur ac annelwig.

A'r ferch ...

Newidiodd siâp ei hwyneb. Trodd ei dillad yn jîns a chrys T yn hytrach na'r ffrog hir roedd hi'n ei gwisgo eiliadau ynghynt. Llifodd y lliw melyn o'i gwallt, gan droi'n ddu cyfarwydd iawn.

Llyncodd Marged ei hanadl.

"Elan," sibrydodd mewn ofn, wrth i'r ferch ar y gwely rythu arni mewn braw. Tynnodd Marged ei llaw o'i boch. Roedd rhywbeth gwlyb ar flaenau ei bysedd.

Yr eli.

Mae'n rhaid ei bod hi wedi rhwbio mymryn ar un llygad mewn camgymeriad.

Caeodd ei llygad chwith a newidiodd yr ystafell yn ôl i edrych yn grand, ac Elan yn ôl i edrych fel dieithryn.

Caeodd ei llygad dde. Edrychai'r ystafell fel adfail budr yn syth, ac ymddangosodd Elan o'i blaen unwaith eto.

"Eich llygad chwith ..." meddai Elan, ei llais yn crynu. "Wnaethoch chi ddim ...?"

Gwelwodd Marged.

"Peidiwch *byth* â gadael i Gwyn wbod," aeth Elan ymlaen. "Neu bydd hi 'di canu arnoch chi."

"Elan," sibrydodd Marged eto. "Sut?"

Ochneidiodd Elan.

"Ro'n i'n eu gweld nhw o'r dechrau rownd y fferm 'na," esboniodd hithau. "Y Tylwyth. Roedd Mam wastad yn deud bod gan fy hen nain y gallu i'w gweld nhw. Wastad wedi meddwl mai nonsens oedd y cyfan, wrth gwrs ... tan i fi ddod i'ch fferm chi.

"Yn Cae Cefn roedden nhw ... yn ymddangos o nunlla yn sydyn, ac yn syllu arna i o bell. Ro'n i'n gwbod bod 'na rwbath od amdanyn nhw. Pob un efo'r gwallt arian 'na. Ro'n i'n eu hofni nhw i ddechra. Ac un dydd, dyma Gwyn yn camu ar draws y cae ac yn sgwrsio efo fi dros y ffens. Fel 'tasan ni'n hen ffrindia.

"Roedd o'n … neis. Mwy hen ffasiwn, rywsut, na hogia Pen-y-groes. Mwy o fonheddwr, wchi? Disgynnais i mewn cariad yn syth, ma'n rhaid cyfadda. Hyd yn oed pan esboniodd o be roedd hynny'n feddwl i mi go iawn … y byddwn i'n mynd i'w gwlad nhw ar ôl troi'n ddeunaw. Ac er y byswn i'n gallu dod yn ôl i'n gwlad ni, ymweld â 'nheulu a'n ffrindia … fydden nhw ddim yn medru 'ngweld i. Ar y pryd, roedd hwnna'n teimlo fatha bargan reit dda. Roedd 'na jest … rwbath yn 'i gylch o, Marged.

"Dros weddill fy amser yna, wnaeth Gwyn a'i ffrindia – ei *deulu*, yn hytrach – roi help llaw i fi o amgylch Garth Dorwen. Roedd o'n teimlo'n euog, mae'n siŵr gen i. Dudwch chi be 'dach chi isio amdanyn nhw, ond maen nhw wastad yn talu'n deg."

Roedd pen Marged yn chwyrlïo. Oedd hyn wir yn digwydd?

Rhoddodd Elan law ar fraich Marged, a gafael yn dynn.

"Wnaeth o addo y basach chi'n ca'l mynd adra, do? Ar ôl gorffan fan hyn?"

Nodiodd Marged.

"Falch o glywed. Fi siarsiodd o i ddeud hynny. Ond os ydi o'n dod i wbod am eich llygad chi ... rydach chi 'di mynd yn erbyn ei ewyllys o, 'dach chi'n gweld. Os nad ydach chi wedi anrhydeddu'r fargen ... pam dyla fo wneud?"

Ysgydwodd Marged ei phen.

"Fysa fo ddim yn fy nghadw i yma ...?"

Gwenodd Elan yn drist.

"Dydyn nhw ddim yn meddwl fel ni. Mae 'na rywbeth am y lle 'ma ... y mwya 'dwi yma, y lleia 'dwi'n teimlo fel fi fy hun. Mae o fel 'tasa unrhyw garedigrwydd yn cael ei sugno ohona i, yn ara bach. Dwi'n dechra anghofio ... yn dechra teimlo mai'r unig betha pwysig ydi fi fy hun ... a Gwyn ... a'r teulu."

Eisteddodd Marged ar erchwyn y gwely a gafael yn llaw Elan.

"Rŵan 'ta, bach. Dwi'n siŵr dy fod ti'n gorddweud. Dwi'n siŵr na fasat ti byth yn ..."

Ond yna edrychodd Marged i fyw llygaid Elan. Gwelodd rywbeth newydd yno. Rhyw galedwch yn llosgi o dan yr wyneb. Rhywbeth doedd ddim cweit yn ddynol.

Gollyngodd afael yn ei llaw.

Roedd pob gair yn wir.

Aeth mwy o amser heibio. Dyddiau, mae'n rhaid. Y ddwy yn dal i ofalu am y bachgen, Marged yn rhwbio mwy o'r eli o amgylch ei lygaid, gan fod yn ofalus i beidio cyffwrdd â'i llygaid ei hun wedyn.

Yn y man, daeth Gwyn i mewn eto. Heb air, astudiodd ei fab yn ofalus, yn gwneud yn siŵr bod y cochni yn ei lygaid wedi mynd. Chwarddodd yn ddihiwmor a gosododd y baban yn ôl ym mreichiau ei wraig.

"Rwyt ti isio mynd yn ôl rŵan, mae'n siŵr," meddai'n swta.

"Yn ôl?" gofynnodd Marged, ei llais ymhell. Syllodd ar Elan, oedd bellach yn eistedd ar erchwyn y gwely. "Ydw ... ydw, os ca' i."

Nodiodd Gwyn a chwipio allan o'r ystafell fel corwynt. Trodd Marged at Elan am un tro olaf.

"Wel," meddai. "Dwi'n cymryd nad wyt ti isio i mi sôn am hyn wrth neb? Go brin y bydden nhw'n fy nghoelio i, beth bynnag."

Lledodd gwên ansicr ar draws wyneb Elan.

"Diolch," meddai hithau. Gwingodd wrth iddi ddweud y gair, fel bod y gallu i ddangos caredigrwydd yn dod yn anoddach ac yn anoddach iddi.

"Dyma ffarwél felly," mwmiodd Marged yn drist wrth droi am y drws. Y tu ôl iddi, arhosodd Elan yn dawel ... fel petai hi'n gwybod yn wahanol.

Baglodd Marged drwy'r tŷ, oedd bellach yn edrych yn llawer mwy bygythiol, trwy ei llygad chwith, o leiaf. Roedd y grisiau wedi pydru, y papur wal yn disgyn oddi ar y waliau, a chysgodion yn dawnsio ym mhob twll a chornel. Yn y coridor ar y llawr gwaelod, safai gafr fach fudr yr olwg, yn cnoi'r papur wal ac yn brefu'n isel.

Brysiodd Marged i mewn i'r car a chau'r drws yn glep ar ei hôl.

Doedd Gwyn ddim yna. Yn sedd y gyrrwr, mae'n rhaid, y tu ôl i haen o wydr du.

Felly pwy oedd yn gyrru ar y ffordd yma? meddyliodd Marged eto. Ond chafodd hi ddim ateb. Dechreuodd injan y car rwgnach yn ddistaw, ddistaw. Gyrrodd ymlaen, i mewn i'r niwl ...

A chyn pen dim, roedd Marged yn ôl yng Ngarth Dorwen.

Doedd hi ddim yn cofio cyrraedd. Doedd hi ddim hyd yn oed yn cofio gadael y car. Ond yno roedd hi, ar gyrion Cae Cefn, yn crwydro'n ddryslyd fel petai'n cerdded yn ei chwsg.

"Hei!"

Clywodd waedd o'r iard o'i blaen. Daeth pob peth yn glir. Roedd y plismon pengoch – Aled – yn sefyll yno, ei geg yn lled agored.

"Hei!" gwaeddodd eto. "Mae hi yma! Dewch! Dewch! Mae hi fan hyn!"

Rhuthrodd y blismones sych allan o'r tŷ … ac yna Ifan, yn edrych yn wan ac yn fusgrell i ddechrau, ond ei gerddediad trwsgl yn troi'n frasgam gwyllt wrth iddo agosáu ati.

Cofleidiodd ei wraig yn dynn a gwelodd Marged fod ei lygaid yn llawn dagrau.

"Fy nghariad i," ochneidiodd Ifan, yn brwydro i'w gadw ei hun rhag disgyn yn ddarnau. "O, 'nghariad annwyl i. Lle ti 'di bod drwy'r bora?"

Cafodd Marged ei hebrwng i'r gegin, a'i gosod wrth y bwrdd gyda phaned gryf o de. Gwnaeth Ifan a'r heddlu eu gorau i wasgu'r gwirionedd allan ohoni. I ddechrau, doedd Marged ddim yn fodlon cyfadde beth ddigwyddodd … ac yna dechreuodd anghofio mwy a mwy am ei hymweliad â Gwyn ac Elan. Cyn pen dim, roedd y peth yn teimlo fel breuddwyd. Fel petai hi newydd ddeffro o drwmgwsg hir.

Ar ôl iddi ddod yn glir na fyddai Marged yn

gwneud llawer o synnwyr, cafodd Ifan ei dynnu i ystafell arall gan y ddau blismon.

"Busnas od," meddai'r un pengoch gydag awdurdod. "Wrth gwrs, dydi hynny'n ddim byd newydd i ni. Y diwrnod o'r blaen, dyma 'na alwad yn dod gan blant o Feddgelert, yn deud eu bod nhw 'di gweld ysbryd yn dod allan o afon. Mae 'na foi rhyfadd yn cuddio mewn coedwig wrth ymyl Blaenau Ffestiniog, wedyn ... allwn ni ddim ei ddal o, dim ots faint 'dan ni'n trio. Fatha bod o'n rhyw ddewin neu rwbath. Ac wedyn dyna'r busnas Llanberis 'na. Criw o fan'cw yn taeru bod 'na ryw greadur neu dduw neu rwbath yn byw o dan Llyn Cowlyd, ac yn chwara tricia efo amser. Weithia dwi'm yn siŵr pwy ma'r bobol 'ma isio – yr heddlu 'ta'r *Ghostbusters*."

Sylweddolodd ei fod wedi dweud gormod. Aeth ei wyneb bron mor goch â'i wallt wrth i'r blismones syllu'n gandryll tuag ato.

"Wrth gwrs," meddai hithau, gyda min yn ei llais, "mae 'na esboniad llawer symlach i bob dim, fel arfer. Mr Owen, mae'n siŵr gen i bod diflaniad Elan Martin wedi cael effaith go fawr ar eich gwraig. Bydd angen cyngor meddygol arni yn y man a chymorth iawn iddi o amgylch y tŷ, os oes angen. Byddwn ni'n cysylltu â chi eto. Ond yn y cyfamser ... edrychwch ar ei hôl hi, wnewch chi?"

Nodiodd Ifan yn drist wrth i'r heddlu fynd yn ôl i'r car a pharatoi i adael.

"Cyn i mi anghofio," meddai'r ddynes sych, "mae'n ddrwg gynnon ni am ... am eich cyhuddo chi o ... wel ... *gael gwared* ar y ddwy ohonyn nhw. Ar Elan a Marged. Gallech chi ddeall sut byddan ni wedi medru ..."

"Dallt yn iawn," atebodd Ifan, ei lais yn troi'n hallt. "Rŵan ewch o 'ma."

Wrth i'r heddlu adael, y blismones fach yn edrych braidd yn swil am y tro cyntaf, daeth Marged i ymuno â'i gŵr yn nrws y tŷ. Gafaelodd hithau ynddo, yn dal i grynu.

"Dwi'n falch o dy gael di 'nôl," meddai Ifan o'r diwedd.

"Dwi'n falch o fod yma," atebodd Marged, a gafael yn dynnach.

Edrychodd i gyfeiriad Cae Cefn, syniad yn ei tharo o nunlle.

"Hei," meddai'n ansicr. "Be 'di dy farn di am dyfu ceirch?"

Aeth misoedd heibio. Wedyn blynyddoedd.

Fesul cam, yn ara deg, cafodd y fferm ei meddiannu gan geirch, yn tyfu'n uwch ac yn uwch. Dechreuodd y cyfan yng Nghae Cefn, cyn lledu dros weddill Garth Dorwen. Doedd Marged ac Ifan ddim yn medru cynhyrchu'r stwff yn ddigon cyflym.

Ambell dro, ar ei phen ei hun yng Nghae Cefn, gwelai Marged ffurfiau tryloyw yn cerdded gyda hi. Ffurfiau annelwig fyddai'n dod yn rhai solet, yn greaduriaid o gig a gwaed, wedi iddi gau ei llygad dde.

Bryd hynny, roedd hi'n cofio popeth. Am ei thaith

i wlad y Tylwyth, a Gwyn, a ffawd Elan. Ond yn fuan wedyn roedd yr atgof yn pylu ac yn dechrau teimlo fel breuddwyd unwaith eto.

Anaml iawn roedd Ifan a Marged yn gadael y fferm. Doedd y pentre ddim wedi anghofio am ddiflaniad Elan, a mwy a mwy o straeon gwyllt yn cael eu sibrwd am drigolion rhyfedd Garth Dorwen.

Un diwrnod yng nghanol mis Ebrill, doedd gan Ifan a Marged ddim dewis ond mentro i Ben-y-groes. Yr eiliad y gadawodd Marged y car, roedd hi'n teimlo bod pawb yn syllu arni. Ei barnu. Teimlodd ei hun yn cochi, yn ysu am gael dianc yn ôl i'r tŷ.

Wrth nesáu at Stryd y Dŵr, aeth ias drwyddi wrth weld y lle dan ei sang, heidiau o bobl yn cerdded ysgwydd yn ysgwydd.

"Dwi'm isio ..." sibrydodd o dan ei hanadl. "Ifan, gawn ni fynd?"

"Dwi'm yn licio fo chwaith," atebodd ei gŵr yn ddiamynedd. "Ond deng munud efo'r cyfrifydd 'dan ni ei angan – ma angan rhywun i wneud synnwyr o'r holl bres ceirch 'ma yn ein cyfri banc ni. Ac wedyn adra. Gaddo."

"Ond ma'r lle mor brysur ..."

"Prysur? Twt. Does 'na bron i neb yma ..."

Cyn i Marged fedru dadlau yn erbyn ei gŵr, trawodd ei hysgwydd yn erbyn dau ffigwr oedd yn brysio ar hyd y stryd. Bu bron iddi gael ei thaflu i'r llawr, a daeth yn agos iawn at regi o dan ei gwynt ... cyn iddi sylweddoli pwy oedden nhw.

Elan. A'r llall ...

Gwyn. Dyna oedd ei enw.

Erbyn hyn, roedd y düwch yng ngwallt Elan wedi diflannu'n llwyr, a lliw arian annaturiol wedi cymryd ei le.

Daeth bachgen ifanc, golau, i ymuno â nhw, yn rhedeg ar hyd ochr y ffordd cyn gafael yn llaw Elan.

Ei mab?

Ond roedd o'n llawer rhy hen. Yn agosáu at ei arddegau, siŵr o fod ... ddylai'r bachgen ddim bod yn hŷn na phedair neu bump.

Edrychodd Marged ar y tri ... neu *trwyddyn nhw*, yn hytrach. Roedden nhw'n niwlog ac yn dryloyw.

Trodd i edrych o'i chwmpas. Roedd y rhan fwyaf o'r ffigyrau ym Mhen-y-groes yn edrych yn debyg ... a phob un yn troi tuag ati.

Pob un ohonyn nhw yn aelodau o'r Tylwyth.

Caeodd Marged ei llygad chwith. Diflannodd y cyfan, gan ei gadael hi a'i gŵr, a neb arall.

Agorodd ei llygad eto a daeth y cyfan yn ôl. Roedd Elan yn syllu'n ddideimlad tuag ati, bron fel nad oedd hi'n ei chofio.

A Gwyn ...

... ysgydwodd yntau ei ben, golwg sur yn ymledu ar draws ei wyneb.

"Marged?" gofynnodd Ifan, ddim yn deall pam roedd ei wraig wedi rhewi yn ei hunfan.

"Dy lygad chwith," mynnodd Gwyn. Camodd ymlaen ac estyn llaw tuag at ei hwyneb. "Dylet ti fod wedi gwrando arna i, feistres Garth Dorwen."

Gwelodd Ifan ei wraig yn syrthio i'r llawr, fel petai hi'n cael ffit. Rhuthrodd tuag at Marged a gosod braich o'i hamgylch, yn estyn am ffôn gyda'r llaw arall ac yn sgrechian am gymorth ar yr un pryd.

Llamodd ei galon i'w wddw wrth weld bod llygad ei wraig – ei llygad chwith – wedi troi'n gwbl wyn. Yn ddall.

"Ifan," bytheiriodd Marged. "Ifan, roedden nhw i gyd yma ... y Tylwyth. Ifan ... ble *maen* nhw?"

Cafodd ei rhuthro i'r ysbyty ym Mangor. Yno bu hi am rai dyddiau, cyn dychwelyd adre i'r fferm. Adawodd hi byth mo Garth Dorwen wedi hynny, gydag Ifan yn gofalu amdani tan y diwedd un. Arhosodd yntau wrth ei hochr, ymhell ar ôl i'r caeau ceirch wywo a marw heb esboniad, y ddau'n gorfod dychwelyd at fagu gwartheg digon esgyrnog.

Doedd Ifan byth yn siŵr pam gwnaeth y ceirch fethu. Ond rywle yng nghefn meddwl Marged, yn parhau fel rhyw atgof breuddwydiol ymhell i'w henaint, gwyddai hi'n iawn pam roedd y cnydau wedi marw a pham gwnaeth y ceirch ffrwydro tyfu o nunlle. Deallai ei bod hi wedi torri bargen a bellach yn talu'r pris.

Welodd hi byth mo'r Tylwyth eto.

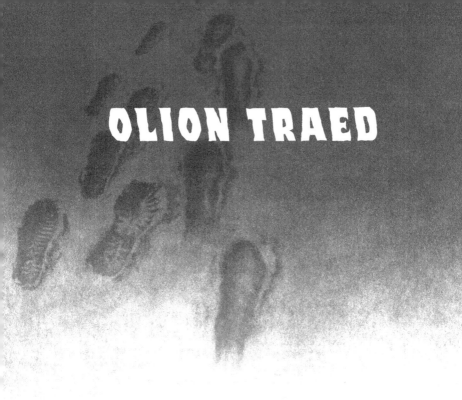

OLION TRAED

Safai Glyn yn y glaw. Dechreuodd llaid a dŵr hel yn byllau o amgylch ei draed wrth i'r fan yrru oddi yno.

Doedd pethau ddim i fod fel hyn.

Roedd o wastad wedi teimlo ar goll yn yr ysgol. Yn ysu am gael dianc a dechrau gweithio ar y cyfle cyntaf.

Garddio oedd wedi mynd â'i fryd erioed. Roedd

wastad wedi teimlo'n gartrefol y tu allan, yn wahanol iawn i'r teimlad sâl fyddai'n cronni yng ngwaelod ei stumog mewn ystafell ddosbarth. Fan hyn, roedd popeth yn dod yn hawdd iddo. Y gwaith caled corfforol – y palu a'r plannu a'r gwthio berfa – ond hefyd y gwaith mwy ymenyddol a deallusol. Gallai gofio cannoedd o enwau Lladin ar flodau a phlanhigion, ond roedd wedi chwysu chwartiau i orffen darllen *Cysgod y Cryman* a *Macbeth* yn yr ysgol.

Roedd ei wythnos gyntaf efo'r cwmni garddio wedi mynd cystal ag y gallai ddisgwyl. Dim ond llond llaw o weithwyr oedd yn rhan o'r cwmni. Pob un dipyn yn hŷn na fo, wrth gwrs, ond yn ddigon cyfeillgar ... er, doedd o ddim cweit yn teimlo fel

un o'r hogia eto. Roedd 'na wastad ryw jôc gudd doedd o ddim yn ei deall, neu gyfeiriad at ryw stori ddigwyddodd flynyddoedd yn ôl.

Doedd dim cwynion ganddo am y gwaith ei hun. Roedd o'n ddigon hapus yn mynd o'r naill ardd fach i'r nesaf ym Mhen Llŷn a thu hwnt, yn dod i adnabod cwsmeriaid selog y cwmni'n raddol.

Ond roedd heddiw yn wahanol. Heddiw, roedd y criw wedi cyhoeddi'n falch eu bod nhw'n gofalu am erddi Plas yn Rhiw.

Fel hogyn o Lŷn, roedd Glyn yn gwybod yn iawn am y lle. Hen, hen dŷ, â'i erddi eang yn fwy crand nag unrhyw erddi eraill am filltiroedd maith. Teimlai gynnwrf yn cydio ynddo wrth feddwl am yr holl waith o'i flaen. Roedd yn ysu am gael gafael yn y pridd gwlyb a dod i nabod pob un planhigyn.

Yn fuan wedi cyrraedd, cyhoeddodd ei fòs – gan chwerthin i fyny ei lawes, gweddill y criw yn piffian yn slei y tu ôl iddo – fod pawb yn mynd i'r dafarn ar gyfer cinio hir. Pawb ond Glyn, wrth gwrs. Doedd o ddim yn ddigon hen i fynd i dafarn, meddai'r bòs

– Richard – gan wenu o glust i glust. Bydden nhw'n siŵr o ddod yn ôl mewn awr, neu ddwy ... neu dair ... neu bedair ...

Gallai Glyn glywed eu chwerthin hyd yn oed uwchben sŵn y glaw a'r injan wrth i'r fan ddiflannu. Jôc fawr oedd hi, wrth gwrs. Tric er mwyn ei "groesawu" i'r cwmni a gwneud yn siŵr bod ganddo synnwyr digrifwch.

Dim ond un dewis oedd ganddo. Cymryd anadl ddofn. Gwneud ei waith. Gwlychu ryw fymryn. Gwenu a chwerthin ar ôl i bawb ddychwelyd.

Trodd ei gefn a wynebu'r ardd, y tŷ yn edrych i lawr arno. Cyn mentro i mewn, cymerodd Glyn gip ar lechen ar wal yr ardd. Roedd hi er cof am ryw hen bâr priod – perchnogion y tŷ ers talwm, mae'n siŵr. Y llinell olaf, wedi ei gosod ar wahân i weddill yr ysgrifen, a ddaliodd ei lygad.

"*There is no death while memory lives.*"

Aeth ias drwyddo wrth iddo fynd ar draws i'r ardd. Cododd chwa o wynt oer o gyfeiriad Porth Neigwl yn y pellter.

Gan dynnu ei gôt law yn dynnach amdano, dechreuodd Glyn dorri ambell frigyn anniben o'r gwrychoedd uchel o amgylch yr ardd. Gweithiodd yn ofalus ac yn araf, i lenwi amser ac i ofalu na fyddai'n gwneud unrhyw gamgymeriadau mawr yn ystod ei wythnos gyntaf. Gwnaeth nodyn yn ei ben o'r blodau a'r planhigion oedd yn llenwi'r gerddi. Briallu. Tegeirianau brych. *Azalea pontica.*

Sylweddolodd nad oedd yr ardd yn gwbl agored. Roedd wedi ei rhannu gan wrychoedd a waliau, gan edrych bron fel cyfres o stafelloedd yn hytrach nag un ardal eang, fawr.

Doedd Glyn erioed wedi teimlo clawstroffobia mewn gardd o'r blaen. Cofiodd am ddiwedd yr hen ffilm arswyd 'na welodd o ar y teledu yn ddiweddar. *The Shining.* Y tad yn rhedeg ar ôl ei fab trwy ddrysfa o wrychoedd hunllefus yn yr eira. Crynodd unwaith eto.

Roedd ar ei ben ei hun heddiw, o leiaf, a doedd dim rhaid poeni am ymwelwyr yn torri ar ei draws nac yn busnesu. Beth bynnag, fyddai neb yn ddigon gwirion i ymweld â'r lle ar ddiwrnod annifyr fel hyn ...

Ond na, meddyliodd eto ... roedd rhywun yno. Gallai Glyn ei glywed yn pesychu. Peswch dwfn, hir a sych, fel petai rhywun yn brwydro am ei anadl.

Cymerodd gipolwg dros yr holl wrychoedd, rhag ofn mai ei gyd-weithwyr oedd wedi dod yn ôl trwy fynedfa arall.

Doedd dim i'w weld heblaw am olion traed yn mynd at ddrws y plasty ar draws ambell batshyn o laswellt mwdlyd. Rhyw hen foi lleol oedd o, mae'n siŵr. Wedi mynd am dro sydyn cyn cinio ac wedi ei heglu hi i gysgodi draw yn y tŷ. Tebyg iawn y byddai Glyn yn ei weld ar ei ffordd allan.

Daliodd i weithio, yn tocio gwrych fan hyn, ac yn cael gwared ar chwyn fan draw. A thrwy'r cyfan, daliai'r glaw i bistyllu, yn drymach ac yn drymach erbyn hyn. Cyn bo hir, roedd y dŵr yn llifo'n rhaeadrau oddi ar ei gôt law, y gwlybaniaeth yn mynd o dan ei hugan, yn socian yr het wlân oedd yn cuddio oddi tani.

Doedd y gweddill ddim wir yn disgwyl iddo weithio mewn glaw fel'ma, doedd bosib? Jôc oedd jôc, ond roedd hyn yn annioddefol.

Cleciodd ei siswrn mawr yn flin am un tro olaf.

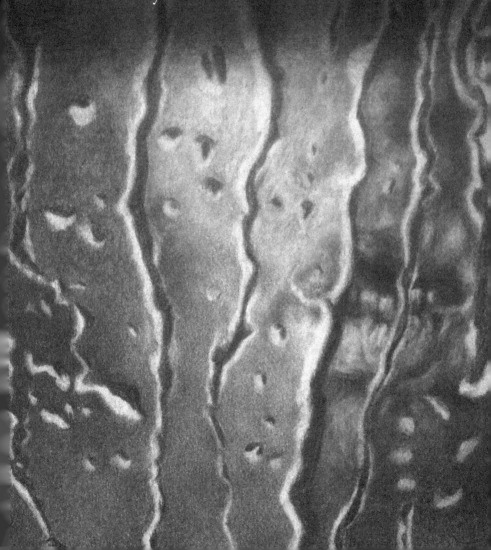

Roedd yr hen ddyn 'na wedi cael y syniad iawn. Anelodd Glyn am y tŷ a chadw ei ben i lawr gan wibio rhwng y gwrychoedd heb weld yn iawn i ble roedd o'n mynd.

Cyrhaeddodd y fynedfa a sbecian i mewn gan geisio cysgodi wrth y drws. Roedd y lle wedi ei osod fel hen dŷ o ... pryd? Ganrif yn ôl? Ddwy ganrif? Doedd o erioed wedi bod yn fawr o arbenigwr ar hanes. Gwelodd hen chwaraewr recordiau, cist anferth o ddroriau – un dderw o'i golwg hi, a phob math o jygiau a thebotiau drud yr olwg ym mhob man.

Doedd neb o gwmpas. Ddim hyd yn oed aelod o staff y tŷ. Estynnodd am bamffled oddi ar fwrdd cyfagos a pharhau i gysgodi yn y drws.

Darllenodd ambell frawddeg o dudalen flaen y pamffled. Adeiladwyd y tŷ bron i bedwar can mlynedd yn ôl gan y teulu Lewis, oedd yn ddisgynyddion i hen frenhinoedd Powys ... ond cyn iddo fedru darllen ymhellach, clywodd y sŵn pesychu cyfarwydd eto ac edrychodd i gyfeiriad y grisiau.

O fan'cw roedd y sŵn wedi dod, roedd Glyn yn sicr. Cerddodd ymlaen ar flaenau ei draed a sbecian i fyny.

Dim byd.

"Helô?" meddai'n betrusgar, a sylweddoli nad oedd o wedi yngan yr un gair ers i'r fan adael. Dechreuodd y distawrwydd llethol deimlo'n drwm, rywsut, fel petai'n pwyso arno o bob cyfeiriad.

Roedd y glaw yn un peth, ond roedd y tawelwch llethol yn llawer gwaeth. Rowliodd y pamffled, ei roi yn ei boced a chychwyn allan, gan anelu am y berllan ar gyrion pellaf y gerddi.

Roedd yn disgwyl gweld hen goedwig, tebyg i rywbeth allan o stori dylwyth teg. Yn hytrach, gwelodd resi a rhesi o goed ifanc gyda ffrwythau'n hongian o ambell gangen, a llwybrau twt, trefnus rhyngddyn nhw.

Dim cysgod, meddyliodd yn chwerw. Doedd Glyn erioed yn cofio gweld glaw tebyg o'r blaen. Y foment iddo feddwl bod y gwaethaf drosodd, tywalltodd y glaw yn waeth eto, yn un hyrddiad ar ôl y llall.

Rhedodd tua'r coed hŷn oedd ar ymylon pellaf y berllan, gan wneud ei orau i osgoi'r dafnau glaw oedd yn syrthio'n drwm oddi ar y dail rhwng y brigau. Gwasgodd ei hun yn erbyn boncyff coeden. Doedd dim sŵn adar i'w glywed. Dim lleisiau na phesychu yn y pellter. Dim ond sŵn y glaw, y gwynt ...

... a thraed.

Sŵn traed araf, pwrpasol, yn llusgo eu ffordd tuag ato. Gwrandawodd Glyn yn astud i'w clywed yn well.

Dyna nhw eto. Y tu ôl iddo. Yn codi o'r pant o dan y berllan. Roedd yn hollol sicr o hynny.

Er hyn, doedd Glyn ddim yn siŵr iawn pam nad oedd o eisiau edrych dros ei ysgwydd. Wedi'r cwbl, dim ond rhywun lleol yn cuddio rhag y glaw oedd yno, yn union fel fo. Gwnaeth ei orau i anwybyddu siffrwd y llais bach yng nghefn ei ben, yn mynnu bod mwy i'r peth na hynny.

Gadawodd loches yr hen foncyff, a chraffu drwy'r glaw. Doedd neb i'w weld.

Ond roedd y sŵn traed yn dal i'w glywed yn glir. Yn tyfu'n uwch ac yn uwch. Yn dod yn nes ac yn nes. A gyda hynny ...

... sŵn anadlu. Anadl hir a sych, yn bygwth troi'n beswch sawl gwaith drosodd.

Gallai Glyn deimlo chwys oer yn llifo'n araf i lawr ei wegil, yn gymysg â'r diferion glaw. Ysgydwodd ei ben mewn penbleth gan faglu'n ôl tuag at lannerch agored y berllan, gan wneud ei orau glas i anwybyddu'r llais bach yn ei ben a fynnai ei fod yn rhedeg nerth ei draed.

Ond yna daeth yr anadl eto ... yn union o'i flaen y tro hwn. Bron na allai Glyn ei theimlo'n gynnes ar ei wyneb, ac ogleuo arogl sur, cyfarwydd.

Roedd rhywbeth wedi ei ddilyn yno. Rhywbeth nad oedd yn symud fel bod dynol. Rhywbeth oedd yn medru ymddangos o unrhyw le.

Heb oedi am eiliad arall, trodd Glyn ar ei sodlau a'i heglu hi yn ôl tua'r gerddi, yn gwibio'n gyflymach na'r gwynt er mwyn gadael beth bynnag oedd yn dilyn ymhell ar ei ôl.

Gwelodd wal gerrig yn codi o'i flaen, yn gwahanu'r berllan oddi wrth weddill tir Plas yn Rhiw. Doedd dim amser i droi cornel. Dim amser i chwilio am fynedfa arall i'r gerddi, rhag ofn i'r peth 'na ei ddal.

Llamodd Glyn dros y wal gan ddal ei droed arni a disgyn yn fflat ar ei wyneb ar yr ochr draw. Cafodd yr anadl ei gwthio allan ohono yn un hyrddiad wrth lanio. Rowliodd ar ei gefn wrth i gynnwys ei bocedi syrthio allan i bob cyfeiriad.

Yn boenus, cododd ar ei liniau a chydio yn ei waled a'i ffôn, ei ben yn troi a'i gefn yn gwneud synau clecian anghyfarwydd wrth iddo sythu.

Bu bron iddo adael y pamffled oedd yn dweud hanes y tŷ ar ôl ar y lawnt ond daliodd un gair arno ei sylw, a'i rewi yn y fan a'r lle.

... ysbrydion ...

Gyda dwylo crynedig, cododd y pamffled oddi ar y llawr a'i ddarllen yn gyflym gan wneud ei orau i geisio anwybyddu'r holl law.

Yn ogystal â'i holl hanes cyfoethog, mae Plas yn Rhiw hefyd yn enwog am ei ysbrydion. Yn eu mysg mae dwy ladi wen fydd weithiau'n aflonyddu ar yr ystafelloedd gwely, yn ogystal ag ysbryd un o hen berchnogion Plas yn Rhiw, sef sgweier mileinig oedd yn adnabyddus am ei dymer danllyd.

Fferodd gwaed Glyn yn ei wythiennau. Daliodd ati i ddarllen.

Mae rhai wedi honni bod ysbryd y sgweier yn tagu yn eu dilyn, gan ail-fyw ei funudau olaf, wrth i salwch (ar ôl bywyd o fyw'n fras) ei drechu o'r diwedd.

Wrth gwrs. Dyna beth roedd yr arogl cyfarwydd 'na. Cwrw, yn gymysg â mwg. Arogl fel tŷ ei daid ers talwm.

Rowliodd Glyn y pamffled yn belen yn ei ddwrn yn hytrach na darllen yr un gair arall. Daeth y sŵn anadlu eto, mor agos nes ei fod yn cosi blew ei glust. Heb oedi am un eiliad arall, rhedodd ar wib drwy'r gerddi yn ei olion traed ei hun, ei asgwrn cefn yn clecian a chyhyrau ei goesau yn gwichian mewn poen. Heb feddwl, aeth i guddio mewn hen adfail ger y fynedfa. Sgrialodd i mewn iddo ac eistedd ar ei gwrcwd yn y gornel bellaf gan wneud ei orau i gael ei wynt yn ôl.

Llamodd ei galon i'w wddw wrth glywed y synau

traed eto, yn union y tu hwnt i waliau'r adfail ...

Teimlodd ei galon yn curo'n gyflymach fyth a chaeodd ei lygaid yn dynn. Gwasgodd ei ddannedd gyda'i gilydd a'u crensian, y poer yn casglu yng nghefn ei wddw ...

... Gafaelodd dwy law yn ei ysgwyddau'n gadarn. Neidiodd ar ei draed gyda sgrech a rhedeg tua'r fynedfa i'r adfail, ei lygaid yn dal ynghau.

"Glyn!"

Baglodd i stop a gosod ei law yn erbyn un o waliau tamp yr adeilad. Yn crynu, agorodd ei lygaid y mymryn lleiaf.

Yno roedd Richard, ei fôs, yn edrych ar Glyn fel petai'r bachgen wedi mynd yn gwbl hurt.

"Richard ..."

"Be ti'n neud yn cuddio fan hyn?"

Agorodd Glyn ei geg i ymateb, ond rhewodd y geiriau ar ei dafod. Sut roedd rhywun i fod i ddechrau esbonio'r fath beth?

Aeth Richard yn ei flaen heb gael ateb.

"Wna i fod yn onast efo ti – y plan oedd aros yn y

dafarn drwy'r pnawn. Rwbath bach 'dan ni'n neud pryd bynnag ma rhywun ifanc fel ti yn ymuno â'r cwmni. Ond y *glaw* 'ma. Fysa hynny 'di bod yn rhy greulon o lawar. Felly be ti'n feddwl? Ffansi pei a *chips* yn y dafarn er mwyn cynhesu? Gei di beint, hyd yn oed, os wyt ti isio. Ddudwn ni ddim wrth neb."

Crynodd Glyn â ias yn gyrru drwyddo gan gofio am arogl sur ei ddilynwr.

"Bydda i'n iawn efo lemonêd, dwi'n meddwl."

Camodd y ddau gyda'i gilydd tua'r fan, heibio'r wal ger y fynedfa a'r hen lechen lwyd yn glynu'n styfnig wrthi.

"*There is no death while memory lives.*"

Plannodd Glyn ei hun yng nghefn pellaf y fan, gweddill y criw yn chwerthin ac yn ei bryfocio a'i bwnio'n chwareus. Caeodd Richard y drws ar ei ôl, gan gau'r tywydd mawr – a beth bynnag arall oedd yn cuddio ynddo – allan am y tro.

Wynebodd Glyn y ffenest, ei anadl boeth yn stemio yn ei herbyn ... ac o'r ochr draw, gwelodd gwmwl arall o stêm yn ffurfio yn erbyn y gwydr, o'r tu allan. Roedd rhywbeth yn sefyll yno, fodfeddi yn unig oddi wrtho.

Gwibiodd y fan i ffwrdd am yr eildro, yr olwynion yn cylchdroi'n wyllt mewn patshyn o fwd a'i dasgu i bobman – gan guddio'r tri phâr o olion traed oedd yn arwain tuag ato.

PYSGOTWR LLYN CYNWCH

"Maen nhw'n brathu heno," chwarddodd John yn sych. Tynnodd ei wialen bysgota tuag ato a llusgo brithyll mawr o'r llyn a'i lanio'n slic ar y lan wrth ei draed.

Gwyliodd Nel yn fud wrth i'w hewythr afael yng nghynffon y pysgodyn a tharo'i ben yn galed yn erbyn craig. Edrychodd tua'r lleuad lawn uwch ei phen, dagrau'n cronni yng nghorneli ei llygaid,

wrth weld y brithyll druan yn dawnsio a'i glywed yn fflapian am y tro olaf cyn llonyddu.

Doedd Nel ddim eisiau bod yno. Roedd hi'n anodd cofio'n iawn pam roedd hi yno.

Tosturiai ei rhieni dros John. Roedden nhw wedi siarsio Nel i fod yn garedig tra oedd o'n aros efo nhw. Roedd o wedi cael amser caled, wedi'r cwbl. Felly pan ddaeth ei hewythr ati fore ddoe a chynnig trip pysgota ganol nos i Lyn Cynwch, teimlai Nel doedd dim dewis ganddi ond cytuno.

Doedd ei rhieni ddim yn hapus am y trip chwaith. Doedd dim rhaid bod cweit *mor* garedig, medden nhw. Ond roedd John wedi cynhyrfu cymaint am y peth, doedd dim troi'n ôl.

Doedd pethau ddim wedi argoeli'n dda o'r dechrau, gyda John wedi gorfodi ei nith i yrru ei hen gar rhydlyd ar hyd y lonydd cul allan o Ddolgellau.

Dim ond ychydig o wersi gyrru roedd Nel wedi eu cael, fel anrheg am droi'n ddwy ar bymtheg oed. A'r gwersi hynny mewn car newydd, ar lonydd tipyn gwell, ac yng nghanol dydd yn hytrach na pherfeddion nos.

Wrth iddi yrru, teimlai'n llawn nerfau, ei dwylo'n crynu a'i dannedd yn clecian. A dechreuodd John glebran yn ddiddiwedd, bymtheg y dwsin. Am golli ei swydd, a cholli ei wraig, a'r holl syniadau gwyllt am y byd roedd o wedi eu darganfod a'u casglu o gorneli tywyll y we. A rhwng yr holl baldaruo i gyd, llwyddodd i esbonio pam roedd o wedi gofyn i Nel wneud peth mor wallgo â hyn.

"Mae hyn yn dipyn o draddodiad, wel'di. Y pysgota ganol nos 'ma. Dwi'n cofio'i wneud o efo dy daid, pan o'n i tua dy oed di. Chafodd dy fam ddim gwneud, wrth gwrs. Peth i ddynion ydi o, i fod. Ond … wel, sgen ti'm brawd, nag oes? A go brin ca' i fab erbyn hyn. Ble ma'r amser yn *mynd*, Nel?"

Distawodd John am ychydig wedi hynny – diolch byth – gan roi cyfle i Nel ganolbwyntio ar y gyrru.

Roedd dod o hyd i'r llecyn parcio yn ddigon hawdd, â hithau'n hen gyfarwydd â'r lle ar ôl bod yma gymaint o weithiau gyda'i rhieni. Fel arfer, byddai hi'n dechrau glawio yr eiliad bydden nhw'n gadael y car, a'i thad yn mynnu mynd am dro hir o amgylch Llyn Cynwch er gwaethaf y tywydd.

Heno, roedd hi dipyn sychach. Ond teimlodd Nel ysgytwad o ofn yn ei tharo ar ôl diffodd goleuadau'r car, wrth i dywyllwch y nos lyncu pob dim. Estynnodd yn reddfol am ei ffôn, i gael mymryn o olau … cyn cofio bod ei hewythr wedi ei gipio o'i dwylo cyn gadael y tŷ a'i adael ar fwrdd y gegin. Ochneidiodd Nel yn anfodlon gan feddwl am yr holl waith cerdded oedd o'i blaen er mwyn cyrraedd y llyn, dros dir coediog Nannau, a hyn oll heb gysur ei ffôn. Mae'n rhaid bod John wedi synhwyro beth oedd ar feddwl ei nith.

"Doedd dim ffôn gen *i* pan ddes i yma am y tro cynta. Na dy daid. Gei di sbio arno fo ar ôl dod 'nôl. Atgoffa fi i ddangos fideo i ti 'fyd. Ar YouTube. Mae 'na *lot* o dystiolaeth bod y byd yn *fflat*. Oeddet ti'n gwbod hynny?"

Caeodd John ddrws y car yn glep. Trodd fflachlamp ymlaen a chychwyn tua'r llyn, Nel yn llusgo'i thraed ryw fymryn ar ei ôl.

Chwythodd awel oer ar draws y llyn, gan orfodi Nel i dynnu ei chôt yn dynnach amdani.

Er y gwynt rhewllyd, doedd y llyn ddim yn edrych mor ddrwg â hynny erbyn iddi arfer â'r lle. Ac nid nhw oedd yr unig rai yma. Roedd rhywun i'w weld ar y pen pellaf, yn sefyll yn llonydd ymysg brigau'r coed, golau'r lloer yn ymddangos fel petai'n disgleirio'n eurgylch o'i amgylch.

Pysgotwr arall, siŵr o fod, wedi cael yr un syniad hurt â'i hewythr.

Roedd hi'n ddiolchgar dros ben ei bod hi wedi cyrraedd yno o gwbl ac yn falch ei bod hi wedi gwrthsefyll y demtasiwn i redeg yn ôl am y car. Ers iddo'i adael, roedd John wedi parablu bron yr holl ffordd ar hyd y llwybr. Nid parablu gwag, chwaith. Nid dweud rhywbeth i lenwi'r distawrwydd. Adrodd straeon arswyd, o bopeth. Straeon i oeri'r gwaed.

Wrth i John baratoi i ddechrau pysgota, aeth meddwl Nel yn ôl at y siwrne, a thaith y ddau ar droed yn y tywyllwch llwyr ar hyd llwybrau stad Nannau.

Ar ôl gadael diogelwch y maes parcio, bu'n rhaid i'r ddau fentro i ganol coetir oedd, yng nghanol nos, yn edrych yn eithriadol o frawychus i Nel, er ei bod hi'n gwybod ei fod o'n lle digon hyfryd ar ddiwrnod braf. Ond heno, roedd fel petai pob un brigyn yn ymestyn amdani. Yn gafael yn ei dillad, yn crafu ei chroen ac yn gwneud ei orau i'w thynnu oddi ar y llwybr ...

Gyda John yn brasgamu yn ei flaen a Nel yn camu ar ei ôl yn betrusgar, daeth y ddau allan o'r coed i ganol gerddi eang, gyda Phlas Nannau yn y pellter yn taflu cysgod dros y cyfan, dim ond ambell lygedyn o olau gwan ymysg y môr o ffenestri duon.

"Ti'n gwbod am y lle 'ma?" meddai John rhwng ei ddannedd, golau ei fflachlamp yn dawnsio o'i flaen.

"Pam rwyt ti'n sibrwd?" atebodd Nel. Hyd yn oed yng nghanol nos, gallai weld bod ei hewythr yn cochi.

"Ddim isio i neb ein clywed ni. Ti angen trwydded i 'sgota yma, ti'n gweld. A ... wel ... dwi 'di bod yn *brysur*, ocê? Ateba 'nghwestiwn i. Ti'n gwbod rwbath am y tŷ?"

"Nannau? Y-ydw. Mae'n hen, hen dŷ ..."

"Hen, hen dŷ? Wel wir. *Brain of Britain* fan hyn. Ti'm yn gwbod dim byd arall? Ddim hyd yn oed am yr ysbrydion?"

Oedodd Nel, gan wylio golau fflachlamp John yn symud yn bellach ac yn bellach oddi wrthi.

"Y-ysbrydion?" sibrydodd hithau, cyn rhedeg i ddal i fyny.

"Hm," atebodd John. "Mae 'na ddynes ifanc a chi bach, medden nhw, yn crwydro'r lle 'ma ganol nos. A synau i'w clywed. Synau ceffyl a dyn yn sgrechian mewn poen. Elli di ddim taflu carreg yn y lle 'ma heb daro ysbryd."

Yn reddfol, estynnodd Nel am waelod côt ei hewythr. Daliodd ei gafael yn dynn, fel roedd hi'n arfer ei wneud pan oedd hi'n ferch fach.

"Nid bod pawb yn coelio mewn petha felly. Nid pawb sy'n eu gweld nhw. Ond elli di ddim gwadu'r dystiolaeth o'n cwmpas ni ..."

Pwyntiodd John at fryn cyfagos yn codi'n fygythiol uwchben y plasty.

"Unrhyw syniad be 'di enw hwnna?"

Ysgydwodd Nel ei phen.

"Nag oes, mae'n siŵr. 'Foel Offrwm' fyddwn ni'n galw hwnna. Wyt ti'n gwbod be 'di offrwm 'ta?"

Nodiodd Nel ei phen wrth gochi.

"*Sacrifice* yn Saesneg."

"Da titha. Mae rhai'n dweud bod yr hen Gymry yn arfer taflu pobol o gopa'r bryn, yn y dyddiau cyn hanes. Fel anrheg i ba dduwiau bynnag oedd yn crwydro'r lle 'ma bryd hynny.

"Ar y ffordd yno, mae 'na lecyn o'r enw 'Porth yr Euog'. Stop ola'r bobol druan cyn mynd dros yr ochor, bosib?"

Brasgamodd y ddau yn eu blaenau, Nel yn dal i syllu ar gopa'r bryn, yn dychmygu cysgodion yn cael eu taflu oddi arno, a chlywed sgrechfeydd ar y gwynt ...

"A dyna 'Geubren yr Ellyll' wedyn," aeth John ymlaen. "Ti'n gwbod be 'di ellyll? *Demon*. Peth gwaeth nag ysbryd."

"John!" mynnodd Nel. "Nid 'mod i ddim yn mwynhau dy straeon di, ond ... mae'n oer, a dwi wir isio cyrraedd y llyn 'na."

A *gadael reit handi*, meddyliodd hithau.

Gwenodd John cyn troi ar ei sawdl a chychwyn i

ganol mwy o goed, golau'r fflachlamp yn dawnsio o'i flaen.

"Dallt yn iawn, Nel bach," meddai wrtho'i hun. "Roedd y straeon 'ma yn fy nychryn i ers talwm, hefyd. Maen nhw'n *dal* i wneud."

Diolch byth, doedd hi ddim yn hir cyn i'r ddau ddod drwy'r coed at lannau Llyn Cynwch, gyda Chader Idris yn codi'n urddasol yn y pellter. Ac yno buon nhw wedyn, yn pysgota ar lan y llyn, wrth i'r nos gau'n dynnach o'u cwmpas.

"Un arall!" chwarddodd John, gan rwygo Nel o'i meddyliau ac yn ôl i'r presennol. Gwelodd ei hewythr yn chwyrlïo ril ei wialen yn wyllt, yn bytheirio ac yn anadlu'n ddwfn wrth frwydro'n galed yn erbyn nerth y pysgodyn.

Cyn pen dim, roedd brithyll arall − un mwy na'r cynta − yn hwylio drwy'r awyr, ei gynffon yn fflapian yn wyllt.

Tynnodd John y bachyn o geg y brithyll, defnyn o waed yn diferu allan ar ei ôl. Daliodd y pysgodyn druan gerfydd ei gynffon, a'i gyflwyno'n ffug-urddasol i'w nith.

"Dy dro di rŵan. Mae'r sgodyn 'ma mewn poen. Be wnei di am y peth?"

Cymerodd Nel gam yn ôl. Oedd ei hewythr wir yn gofyn iddi *ladd* y creadur? Doedden nhw ddim wedi trafod hyn o flaen llaw. Roedd hi hyd yn oed yn ystyried bod yn *llysieuwraig*.

Gwgodd John wrth weld yr ansicrwydd ar wyneb ei nith yn dod yn fwy ac yn fwy amlwg. Heb fwy o rybudd, trawodd John y pysgodyn yn erbyn y graig. Taflodd y corff i fwced, lle roedd ei gyfaill marw yn aros amdano.

"Iwsles," meddai John. "*Typical* o dy genhedlaeth di. Plu eira, bob un ohonoch chi."

Sodrodd yntau'r wialen yn nwylo Nel, a hithau'n syllu arno'n syn, fel petai'n dal gwn laser o'r dyfodol pell.

"Dwi ddim yn gadael y lle 'ma," aeth John ymlaen,

"heb i ti ddal pysgodyn dy hun *a* gwneud be sy angan wedyn. Ei ladd o, a thynnu ei holl berfeddion allan. Gawn ni o'n ginio fory. Ond fi wneith y coginio, paid ti â phoeni.'Misio ti'n sbwylio 'sgodyn da yn ei ffrio fo'n ddu grimp."

Bu'n rhaid i Nel frwydro'n galed i ddal ei thafod. Nid am y tro cynta na'r tro olaf, roedd hi'n difaru ei bod hi wedi cytuno i ddod. Ac ar ben y cyfan, doedd hi na'i rhieni ddim yn hoff o bysgod. Dyna ddangos faint roedd John yn ei wybod amdanyn nhw ...

Taflodd hithau'r lein tua'r llyn ...cyn iddi chwipio'n ôl tuag ati, y bachyn yn dod yn frawychus o agos at ddal yn ei chroen. Gwridodd a mentro i bysgota eto, ac eto, ac eto, y lein yn cael ei thaflu ymhellach ac ymhellach bob tro ... ond nid yn ddigon pell. Roedd y lein fel petai ganddi ei bywyd ei hun. Bownsiodd ar hyd lannau'r llyn tuag ati, neu droelli o'i chwmpas, neu gael ei dal mewn patshyn o wair.

Cipiodd John y wialen oddi arni a thaflu ei lein yn hamddenol i ganol y llyn. Daeth arlliw o fwynder i'w lais wrth iddo roi'r wialen yn ôl yn nwylo'i nith.

"Roedd hynny'n boenus i watsiad," meddai'n dawel. "Ond chdi sydd am wneud y gweddill."

Safodd Nel yno am rai munudau heb ddweud dim, yn gwylio'r dŵr yn chwarae o amgylch ei thraed. Ar ochr draw'r llyn, roedd y pysgotwr arall wedi mentro i'r dŵr ac yn sefyll yn gwbwl lonydd. Rhag ofn iddo aflonyddu ar y pysgod, mae'n siŵr.

Edrychodd Nel ar ei hewythr. Roedd o'n syllu draw dros y llyn, yn astudio pob un crych a thon bach yn y dŵr ... neu wedi diflasu'n llwyr. Roedd yn amhosib dweud.

"Felly dyma ydi pysgota?" mentrodd Nel. "Dim ond ... sefyll?"

"Mae 'na dipyn mwy i'r peth na hynny. Ond ... wel ... ia, am wn i. Sefyll. Meddwl. Ailgysylltu efo natur ac efo dy filltir sgwâr ... os wyt ti isio bod yn hipi am y peth."

Ystumiodd tua'r de, a'r copa pell oedd yn codi uwchben popeth o'i gwmpas.

"Ti'n gwbod be 'di enw'r mynydd yna, gobeithio?"

"Ydw," atebodd Nel yn falch. "Cader Idris, siŵr. A

dwi'n gwbod yr hanes am y lle, cyn i ti ofyn. Os ydi rhywun yn cysgu ar gopa Cader Idris, mae'n deffro y bore wedyn un ai'n fardd ... neu'n wallgo."

"Neu'n farw," meddai John. Syllodd Nel yn ôl.

"Y?"

"Yn fardd, yn wallgo, neu'n farw. Mae pawb yn anghofio hwnnw."

Aeth ias i lawr asgwrn cefn Nel. Canolbwyntiodd ar ei lein bysgota yn nofio yn y llyn. Roedd y mynydd yn y pellter wedi dod yn fan braidd yn ddychrynllyd, yn sydyn iawn.

"Mae o'n fynedfa i fyd arall, 'sti," meddai John, golau chwareus yn pefrio yn ei lygaid. "Dyna'r unig ffordd o esbonio'r holl betha sy'n crwydro'r lle. Mae 'na ddigon o gerddwyr dros y blynyddoedd wedi teimlo rhyw ... *bresenoldeb* ar y copa. Rhyw deimlad bod rhywun – neu rwbath – yn eu gwylio nhw. 'Y Brenin Llwyd' maen nhw'n ei alw o ...

"Mae 'na hanesion am ddreigiau'n byw yno. Am gŵn Annwn, wedi dianc o uffern ac yn crwydro'r ddaear. A ... goleuadau. Yn saethu allan o'r mynydd ac yn dawnsio dros y llethrau. Ydyn nhw'n betha naturiol? Tylwyth teg? *Aliens?* Beth bynnag ydyn nhw, maen nhw wedi bod o gwmpas ers canrifoedd.

"Ma 'na rwbath ar y mynydd 'na. Rhwbath y tu hwnt i'n dealltwriaeth ni ..."

Aeth John yn dawel, gan edrych o'i gwmpas yn wyliadwrus a chymryd cip ar ei oriawr. Dechreuodd glaw mân boeri yn yr awyr. Cododd y gwynt ryw fymryn a sŵn arall rhyfedd arall yn cuddio ynddo. Sŵn fel llais sych a chroch yn grwgnach, neu'n udo mewn poen. Fel creigiau Eryri yn cael eu gwasgu at ei gilydd gan rywbeth nerthol.

Er mor annifyr y gallai clebran ei hewythr fod ar adegau, roedd ei dawelwch yn fwy annifyr byth. Roedd Nel yn teimlo bod rhaid iddi ddweud rhywbeth – *unrhyw* beth – i foddi sŵn y gwynt.

"Be am Lyn Cynwch?" gofynnodd o'r diwedd. "Oes 'na unrhyw straeon am y llyn?"

Edrychodd John tuag ati. *Trwyddi.*

"Oes ..."

Oedodd John, yn penderfynu a ddylai Nel gael

clywed y stori arbennig yna. Cafodd y wialen ei thynnu'n siarp unwaith eto. Prin y sylweddolodd Nel.

"Wna i ddim dychryn," meddai, wedi ennill hyder o rywle. "Mae'r lleuad yn ola, dydi hi ddim yn *gwbwl* rewllyd ... a dydi hi ddim fel 'tasan ni ar ein pennau'n hunain. Dwi'n siŵr y gwnaiff y pysgotwr arall ein rhybuddio ni os oes 'na fwgan o gwmpas."

Rhewodd John. Edrychodd ar ei nith yn ofalus.

"*Pa* bysgotwr arall?"

Culhaodd Nel ei llygaid yn amheus.

"Y boi sy 'di bod yn sefyll yn llonydd ar ochr arall y llyn ers i ni gyrraedd. Ti'n ddall 'ta be?"

Trodd Nel yn ddramatig ac ystumio tuag at ochr arall y llyn.

Doedd y pysgotwr ddim yno.

Agorodd Nel ei cheg, gan baratoi i gynnig esboniad. Efallai fod y pysgotwr wedi gadael. Wedi symud ymlaen i fentro ei lwc yn rhywle arall.

Ond doedd hi ddim wedi *gweld* y pysgotwr yn symud.

Ddim o gwbl.

Cododd y gwynt unwaith eto a'r sŵn ynddo – *llais* – yn gliriach erbyn hyn. Bron nad oedd Nel yn medru clywed geiriau ynddo, yn cael eu poeri blith draphlith ar draws ei gilydd.

"*Mae'r awr ... wedi dod ...*"

Ac ar hynny, cafodd gwialen Nel ei chipio'n llwyr o'i dwylo. Glaniodd yn y llyn, gan dasgu dŵr tuag ati. Cododd ei braich i'w hamddiffyn ei hun. Rhewodd ei hanadl yn ei hysgyfaint wrth weld ffurf yn tasgu i fyny o'r dyfroedd. Rhywbeth nid annhebyg i ddyn ... ond bod ei groen yn rhychiog, wedi ei orchuddio â llysnafedd, chwyn a phlanhigion gwlyb.

Gwelodd Nel y bachyn pysgota yn glynu'n bowld yn nhroed y creadur a'r wialen yn cael ei llusgo y tu ôl iddo. Bu bron iddi chwerthin yn uchel am ben hurtrwydd yr olygfa ...

... ond yna llamodd y creadur tuag atyn nhw a gafael yn dynn am wddw ei hewythr a'i dynnu'n ffyrnig yn ôl tua'r llyn.

Cyn i Nel gael cyfle i sgrechian, gwelodd gorff John yn diflannu o dan y dyfroedd, ac wyneb y dŵr yn troi'n hollol lyfn yn eithriadol o gyflym, fel petai dim byd o gwbl wedi amharu arno.

Daeth yr un llais dros y gwynt eto, yn gorffen yr un frawddeg ... oedd bellach yn swnio i Nel fel bygythiad.

"... *ond nid ... y dyn.*"

Heb feddwl, trodd hithau ar ei sawdl a rhedeg am y coed.

Wrth feddwl am y noson honno, a byddai Nel yn gwneud hyn yn aml iawn dros y misoedd a'r blynyddoedd a ddilynodd, roedd hi'n methu'n llwyr â chofio'r daith yn ôl drwy'r coed a heibio Plas Nannau. Doedd hi ddim yn cofio tanio injan y car, na gyrru'n herciog a gwyllt yn ôl adre. Y peth cynta roedd hi'n ei gofio oedd rhuthro i mewn i ystafell ei rhieni, hwythau yn deffro yn ddryslyd ac yn flin, a'u hwynebau'n mynd yn wynnach ac yn wynnach wrth i Nel adrodd ei stori.

Ddywedodd hi ddim gair am y creadur. Doedd hi ddim yn medru cyfadde iddi ei hun ei bod hi wedi gweld y peth yna, heb sôn am gyfadde hynny i bobl eraill.

Gallai gofio'i thad yn ffonio'r heddlu a'i rhieni'n rhuthro allan o'r tŷ, sŵn ambell seiren yn eu dilyn nhw'n fuan wedi hynny ac yn diflannu i gyfeiriad Llyn Cynwch.

Roedd hi ar ei phen ei hun yn y tŷ. Gallai gofio *hynny'n* dda iawn am sawl blwyddyn ar ôl hynny. Gallai gofio'r oriau maith aeth heibio wrth iddi droedio'n dawel rhwng y gegin a'r ystafell fyw, i fyny ac i lawr y grisiau, ac allan i'r iard gefn, lle roedd y lleuad lawn yn dal i ddisgleirio'n haerllug.

Ac yna, wrth i belydrau'r haul fentro'n betrusgar dros y gorwel, neidiodd ei chalon yn ei brest wrth glywed y drws ffrynt yn agor. Rhuthrodd drwy'r tŷ a gweld ei rhieni'n camu dros y rhiniog a'i hewythr John yn eu dilyn, tyweli wedi eu lapio am ei ysgwyddau, ei wallt yn dal yn wlyb.

Roedd ei thad a'i mam yn gweiddi ar draws ei

gilydd a'i hewythr yn cerdded yn araf rhyngddyn nhw fel carcharor yn cael ei arwain at y crocbren.

Yna, daeth y gweiddi i ben. Aeth curiad o ddistawrwydd heibio a Nel yn syllu'n hurt ar y tri o'i blaen, cyn i'w mam siarad eto, â min yn ei llais.

"Wel? Be sgen ti i'w ddeud wrth dy nith, John?"

"Mae'n ... mae'n ddrwg gen i," atebodd ei hewythr gan betruso. Edrychodd i fyny a syllu'n ddwfn i lygaid Nel. "Am wneud i ti yrru'r car. A ... ac am ddisgyn i mewn i'r llyn. Dwi'n dallt yn iawn pam gwnest ti ddychryn a 'ngadael i. Byddwn i wedi gwneud yr un peth."

Nodiodd Nel. Roedd ystyr ei hewythr yn glir.

Dim gair am be ddigwyddodd.

"Dyna ddiwedd ar y traddodiad stiwpid 'ma," bytheiriodd ei mam. "Ro'n i wastad yn ei gasáu o. Dim ond ei wneud o oherwydd rhyw deimlad hurt o ddyletswydd oedd Dad. Ti ddim angan gneud yr un peth ag o. Ti'n gadal *heddiw*, John. Mae'n ddrwg gen i dy fod ti'n isal ar hyn o bryd, ond wna i *ddim* gadael i ti lusgo fy merch i lawr efo chdi."

Edrychodd John ar ei draed. Bu bron i Nel ddweud rhywbeth ... ond doedd dim modd torri trwy dymer ei rhieni. Ddim eto, beth bynnag.

Brasgamodd ei mam a'i thad i fyny'r grisiau dan rwgnach. Wedi i ddrws eu hystafell gau'n glep ar eu holau, eisteddodd John ar y grisiau a rhoi ei ben yn ei ddwylo.

"Wel," meddai John, ei lais yn torri, "dyna fi wedi ei gwneud hi go iawn y tro 'ma."

Oedodd Nel cyn eistedd wrth ymyl ei hewythr. Ble oedd dechrau?

"Y stori 'na," meddai o'r diwedd. "Yr un am y llyn ..."

Chwarddodd John yn sych.

"Mae'r stori i'w gweld dros y we i gyd. Y llais 'na i'w glywed unwaith y flwyddyn, meddan nhw, yn adrodd yr un frawddeg, drosodd a throsodd. *Mae'r awr wedi dod, ond nid y dyn.* Ac yna mae'r ... *peth* 'na ... yn llusgo rhywun o dan y dŵr.

"Heno oedd y noson honno. Nid 'mod i'n gwbod hynny o flaen llaw, wrth gwrs. Ac i fod yn onest ...

doeddwn i ddim *wir* yn credu yn y stori. Fel arall, fyswn i byth 'di mynnu bod chdi'n dod hefyd. Dwi ddim wir yn credu bod y byd yn fflat chwaith, 'sti. Jest rwbath i wneud bywyd yn fwy diddorol ydi o, 'de? Rhwbath i dorri ar y diflastod. Ma bywyd yn medru bod yn ... anodd ... weithia."

Torrodd rhywbeth yng nghalon Nel yr eiliad honno. Yn araf, rhoddodd ei braich am ysgwyddau ei hewythr.

"Ond ... gwnest ti ddianc."

Syllodd John o'i flaen yn feddylgar.

"Dwi'm yn *cofio* gwneud," atebodd yn freuddwydiol o'r diwedd. "Dim ond cofio gweld plismyn a dy rieni yn crwydro'r glannau 'na. Rhaid bod 'na *oriau* 'di pasio cyn hynny. Be ddigwyddodd?"

Gwenodd Nel yn drist.

"Stori at eto, ella."

Ysgydwodd John ei ben. Cododd ar ei draed a chychwyn i fyny'r grisiau'n flinedig.

"Well i fi drio cysgu. Bydd dy rieni isio fi allan cyn gynted â phosib, ac alla i ddim gyrru'r holl ffordd adra 'di blino ar ôl hanner boddi."

Cyn i'w hewythr ddiflannu i'w ystafell wely, gwaeddodd Nel o droed y grisiau.

"Gawn ni beidio pysgota tro nesa, plis?"

Oedodd John. Edrychodd Nel i fyny tuag ato.

"Pan dwi'n dod i dy weld di."

Ar hynny, newidiodd rhywbeth yn John. Roedd yn dal i fod yn llwyd ei wyneb, ei lygaid wedi hanner cau gan flinder, a'i wallt anniben wedi ei blastro'n damp ac yn flêr ar ei dalcen. Ond am eiliad – eiliad yn unig – roedd fel petai'r cymylau duon uwch ei ben wedi chwalu a llygedyn o olau yn disgleirio uwch ei ben o'r diwedd.

Fel petai ei holl boenau a'i holl flinder wedi mynd. Wedi diflannu. Wedi eu golchi i ffwrdd gan ddyfroedd Llyn Cynwch.

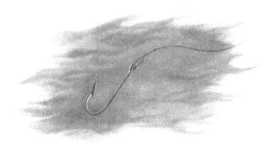

Y LLEIAN

Trodd Tecwyn yr allwedd, ac agorodd yr hen ddrws pren gan wichian mewn protest.

Y tu hwnt roedd ystafell fechan ddigon plaen, dwy set o wlâu bync yn erbyn y waliau, un bwlb golau noeth yn hongian ar wifren o'r nenfwd, sinc yn y gornel, a ffenest fach yn y pen draw a edrychai allan dros gaeau eang oedd yn arwain i lawr at Lyn Tegid.

Llusgodd Tecwyn ei fag dillad draw at y gwely agosaf – un o'r ddau wely oedd wedi eu paratoi yn yr ystafell – ac eistedd arno gan syllu o'i gwmpas yn gysglyd.

Roedd ei fam wedi mynnu ei fod yn dod yma. *Wneith les i ti*, meddai. *Cyfarfod pobol newydd yn lle stwnan rownd y tŷ.* A chyn iddo droi rownd, roedd o'n sefyll ar lawnt gwersyll Glan-llyn, ger y Bala, yn gwylio'i fam yn gyrru oddi yno.

Digwyddiad o'r enw 'Anturdd' oedd y rheswm ei fod yno. Cyfle i blant a phobl ifanc o Gymru gyfan ddod at ei gilydd yng Nglan-llyn dros wyliau'r haf a chael pob math o anturiaethau ar dir sych ac ar ddŵr. Canŵio, dringo, hwylio ...

Er mor anodd roedd y misoedd diwethaf, byth ers marwolaeth ei dad, teimlodd Tecwyn ryw fath o gynnwrf yn gafael ynddo ar ôl ei gyflwyno'i hun i'r swyddogion ac yna dringo'r grisiau i'w ystafell. Doedd o erioed wedi bod yno o'r blaen ac yn meddwl mai dim ond mewn ffilmiau Americanaidd roedd y fath beth yn bodoli.

Tynnodd ei esgidiau, cyn troi a disgyn yn ôl ar y gwely a chau ei lygaid. Unrhyw funud, byddai'r drws yn agor a dieithryn llwyr yn cerdded i mewn – bachgen fyddai'n rhannu ystafell â fo dros y dyddiau nesa, wedi ei ddewis ar hap. Doedd dim syniad ganddo pwy fyddai, nac o ba ran o'r wlad roedd o'n dod ... teimlodd ryw dyndra yn cydio yn ei stumog eto ac agorodd ei lygaid.

Sylwodd fod y geiriau "*Black Nun*" wedi eu crafu'n

flêr i waelod pren y gwely uwch ei ben. Teimlodd ias, fel petai rhywbeth yn cropian i fyny ei asgwrn cefn. Cododd ar ei draed a chamu'n nerfus o amgylch yr ystafell.

Roedd o wedi clywed y straeon, wrth gwrs. Bod ysbryd, dynes wedi ei gwisgo mewn du, ei hwyneb o'r golwg, yn crwydro Glan-llyn ac wedi dychryn cenedlaethau o blant yn y broses.

Rai misoedd yn ôl, fyddai Tecwyn ddim wedi rhoi unrhyw goel i'r fath stori. Doedd o ddim yn rhy bell o ddeuddeg oed bellach, wedi'r cwbwl, ac yn meddwl amdano'i hun fel bachgen digon rhesymol, yn rhy hen i goelio mewn nonsens fel ysbrydion.

Ond roedd pethau'n wahanol bellach. Roedd un daith i'r tir coediog y tu hwnt i Lan Ffestiniog wedi newid y cyfan ...

Taflwyd y drws ar agor led y pen a chamodd bachgen o'r un oed ag o drwyddo, â bag anferth ar ei gefn. Rhedodd ei fysedd drwy ei wallt cringoch yn rhwydd. Gyda gwên, cododd ei fag uwch ei ben a'i ollwng ar y gwely bync uchaf, gan ysgwyd y ffrâm i gyd.

"Y peth cynta," meddai. "Ti'n meindio os dwi'n cal y bync top?"

Ysgydwodd Tecwyn ei ben yn swil.

"Nag'dw," atebodd yn dawel. "Dwi 'rioed 'di licio'r un top beth bynnag. Ofn disgyn i ffwrdd."

Gwgodd y bachgen arall, tynnu dwy botel o ddiod siwgwrllyd o'i fag, a sodro un ohonyn nhw yn nwylo Tecwyn.

"Gwirion bost," meddai. "Ma pawb yn gwbod mai'r bync top 'di'r bync gora. Harri dwi."

"Tecs," atebodd Tecwyn, gan agor ei botel a chymryd llwnc mawr. Chwarddodd Harri.

"Enw fatha cymeriad cartŵn gen ti. Un o ble wyt ti, Tecs?"

"Y ... o Flaenau Ffestiniog."

"Wela i. Wna i ddim dy farnu di ormod. Un o Feddgelert dwi. Be ti'n edrych mlaen at gael gwneud yma 'ta? Byddi di yn y parti heno? Byddi di isio benthyg Lynx gen i? 'Sgiwsia fi am funud, Tecs. Angan mynd i'r toilet *rŵan*. Siwrne hir o Feddgelert."

Diflannodd Harri heb air mwy o rybudd na hynny, gan adael Tecwyn â'i geg yn agored, yn pendroni pa un o gwestiynau Harri i'w hateb yn gyntaf. Caeodd y drws gyda chlep swta.

Mae o'n hogyn iawn mae'n siŵr, meddyliodd Tecwyn. *Mae'n blino rhywun i wrando arno fo am yn rhy hir, ond dwi'm yn meddwl bod 'na ddim byd cas am y boi ...*

Dechreuodd ddadbacio, gan osod ei byjamas yn ofalus ar y gwely. Daeth cnoc ar y drws.

Gwnaeth Tecwyn ymdrech sydyn i geisio twtio'i bethau ryw gymaint, rhag ofn mai un o'r swyddogion oedd yn archwilio'r ystafelloedd. Brwsiodd ei wallt mewn ymdrech i edrych yn drwsiadus. Agorodd y drws, a gweld bod y coridor yn gwbl wag.

Camodd allan i'r coridor ac edrych i fyny ac i lawr. Gallai glywed sŵn siarad a chwerthin y tu allan, wrth i fwy a mwy o blant gyrraedd, ond dim smic o'r rhan hon o'r plasty. Dim ond tawelwch.

Caeodd y drws a mynd yn ôl i eistedd ar y gwely yn dawel gan wneud ei orau i rwystro'i feddwl rhag rasio'n rhy wyllt. Daliodd i syllu'n syth o'i flaen, gan anwybyddu'r ysgrifen y gwyddai ei bod ar y gwely'r tu ôl iddo.

"*BLACK NUN*".

Safai Nel y tu allan i'r plasty gan wneud ei gorau i gadw ei dwylo allan o'i phocedi, gwên ffug ar ei hwyneb wrth iddi groesawu dwsinau o blant i'r gwersyll.

Doedd ganddi ddim awydd mawr i fod yma. Ond roedd cyn lleied i'w wneud wrth grwydro tŷ ei rhieni, yn disgwyl mynd i'r coleg. Roedd angen rhywbeth arni i'w chadw'n brysur ... a'i rhwystro rhag meddwl yn ddiddiwedd am y noson 'na ar lannau Llyn Cynwch.

Roedd rhaid iddi gyfadde bod y lle'n edrych yn ddigon del. Yn dipyn brafiach nag roedd hi'n ei gofio, pan ddaeth hi yma ar ddechrau'r ysgol uwchradd. Wrth iddi gyrraedd, roedd cwmni garddio o ochrau

Penrhyn Llŷn yn gorffen eu gwaith, a bachgen nerfus yr olwg yn cludo sacheidiau o wastraff planhigion i gefn y fan.

Rhannodd y ddau olwg arwyddocaol cyn i'r bachgen neidio i'r fan a gwibio oddi yno – fel petai rhywbeth yn eu cysylltu nhw, y tu hwnt i'w dealltwriaeth. Daliodd yr olwg yna i bwyso'n drwm ar feddwl Nel ymhell ar ôl i'r plant ddechrau cyrraedd ...

Llifodd llu ohonyn nhw tuag ati, ac ambell i riant yn dilyn, pawb yn gofyn ar unwaith am gyfarwyddiadau i'w hystafelloedd a chwerthin a chlebran a reslo â'i gilydd ar yr un pryd. Gwnaeth Nel ei gorau i ateb pawb yn eu tro. Anadlodd yn ddwfn wedi iddyn nhw ddiflannu i mewn i'r plasty o'r diwedd.

Cyfnod cymharol fyr oedd wedi bod ers iddi ddod yma ddiwethaf, hithau'n ymddwyn yn debyg iawn i'r plant yma, siŵr o fod, yn meddwi ar y teimlad o fod i ffwrdd oddi wrth ei rhieni am y tro cyntaf. Ond heddiw, doedd hi erioed wedi teimlo mor aeddfed. Roedd golwg gwbl ddiniwed ar bawb o'i chwmpas, yn blant ac yn oedolion. Doedden nhw ddim yn deall y peth cyntaf am wir natur y byd ac am y cyfrinachau tywyll oedd yn llechu ym mhobman, o dan yr wyneb.

Doedd hi ddim wedi gweld ei hewythr John ers iddyn nhw ddychwelyd o'r llyn y tro hwnnw, a'i rhieni yn dal i wrthod gadael iddo ddod yn agos ati. Ond roedd y ddau wedi bod yn gyrru negeseuon testun ac yn sgwrsio ar y ffôn ar ôl i'w rhieni fynd i'r gwely, yn trin a thrafod y noson ddychrynllyd honno wrth y llyn, a chwilio'n ofer am atebion.

Gorfododd ei hun i wenu eto wrth weld merch yn ei harddegau yn dod tuag ati. Roedd hi'n siarad yn ddiddiwedd â chriw o fechgyn a merched o'r un oed â hi, a phob un yn ei dilyn yn ufudd ac yn gwrando'n eiddgar.

"... diflannodd hi dros nos, 'dach chi'n gweld. Yr heddlu 'di bod yn chwilio amdani am fisoedd a'r rhan fwya yn amau ryw hen gwpwl oedd yn byw ar gyrion Pen-y-groes."

"Ych! Yr hen ddynas 'na?" mentrodd un o'i ffrindiau, a'i hwyneb yn troi fymryn yn wyn wrth iddi siarad. "Alwodd Mam heibio'r fferm ar ryw negas, a dyna hitha efo'r un llygad ddall 'na sydd ganddi yn syllu arni. *Trwyddi*, rywsut. Chysgodd hi ddim am wythnos."

"Dyna'r un. Dwi'n meddwl bod 'na fwy i'r peth na dim ond diflannu. Ella' fod yr hen ddynas yn wrach neu rwbath. Neu ... neu ..."

"Alla i'ch helpu chi?" gofynnodd Nel, gan wneud pwynt o dorri ar ei thraws. Ar ôl busnes Llyn Cynwch, doedd ganddi ddim llawer o awydd clywed am wrachod a phethau felly.

Daeth stop sydyn ar stori'r ferch a safodd yn ei hunfan.

"O. Siân ydw i. O Gaernarfon. Criw Ysgol Syr Hugh 'dan ni. Sgen i'm syniad ym mha stafall dwi fod ..."

"Ma'r ddesg ymwelwyr y tu ôl i'r drws fanna," atebodd Nel. "Gewch chi'r holl wybodaeth yn fan'cw."

"Diolch," meddai Siân a brasgamu yn ei blaen heb drafferthu gwneud yn siŵr bod ei ffrindiau'n dilyn. "Rŵan 'ta. Ble o'n i?"

Syllodd Nel ar eu holau a gwylio'r criw'n diflannu i grombil y tŷ mawr.

Doedd *pawb* yma ddim yn ddiniwed, felly. Roedd rhai'n deall bod mwy i fywyd na'r hyn oedd ar yr wyneb.

"Alla' i ddim *disgwyl* am y parti 'ma," meddai Harri'n llon wrth ddod yn ôl i'r ystafell. Rhewodd yn ei unfan wrth weld Tecwyn yn eistedd ar y gwely, ei ben yn ei ddwylo. "Ti'n edrach fel 'tasa rywun newydd farw. Ddim yn foi dawnsio, 'ta be?"

Edrychodd Tecwyn i fyny'n araf â golwg bell yn ei lygaid.

"Roedd 'na gnoc ar y drws," esboniodd, "a neb yna i gnocio ... y coridor yn wag ..."

Crechwenodd Harri.

"Reit ... a sut rwyt ti'n esbonio peth felly, Tecs?"

"Dwi ddim isio deud y geiria'n uchel, ond ..."

"Gad i fi ddyfalu. Y *black nun.*"

Teimlodd Tecwyn ei hun yn cochi. Wrth gwrs, roedd pawb yma wedi clywed y straeon cyn cyrraedd, eu ffrindiau yn yr ysgol wedi eu herio am yr ysbryd ers wythnosau a sibrwd straeon gwyllt, carlamus amdani allan o glyw eu hathrawon.

"Y lleian," atebodd Tecwyn yn dawel.

"Sori?"

"Nonsens ydi'r busnas *black nun*'ma. Dydi o ddim yn gwneud synnwyr bod gan ysbryd o Lanuwchllyn enw Saesneg. Na. Y *lleian ddu* ydi hi, os ydi hi'n bodoli o gwbwl."

"Ti ddim yn coelio?" gofynnodd Harri, a phwyso'n ffug-hamddenol yn erbyn postyn y gwely. Llyncodd Tecwyn yn ddwfn cyn ateb.

"Dwi ddim *isio* coelio. Ond ..."

Bu bron iddo gyfadde'r cyfan y foment honno. Am y daith drwy'r coed gyda'i fam, a'r ellyll bach du, a'r hen, hen ddyn ddaeth i'w achub. Huw Llwyd.

Ond yna edrychodd i fyny a gweld Harri yn gwenu'n llydan. Doedd o ddim am adrodd stori mor hurt wrth fachgen roedd o newydd ei gyfarfod, yn enwedig un a fyddai, fwy na thebyg, yn gwneud hwyl am ei ben yn ddidrugaredd.

"Nag'dw," meddai o'r diwedd. "Dim ond stori ydi'r lleian ddu. Dyna'r cwbwl."

Teimlodd gwlwm yn ei stumog wrth feddwl am y gnoc ar y drws a neb yno. Doedd arno ddim awydd cyfarfod y lleian. Roedd yr ellyll 'na yn y coed wedi bod yn ormod, ac yntau eisiau gadael pethau felly ar ei ôl am byth.

Chwarddodd Harri ac agor y drws.

"Gwisga dy drenyrs," meddai, ac ystumio tua'r coridor. "Maen nhw'n croesawu pawb wrth y llyn cyn i betha ddechra go iawn yma. Ti'm isio bod yn hwyr, nag oes? Hogyn parchus fatha chdi."

Gwgodd Tecwyn. Roedd o fewn trwch blewyn i herio Harri, a mynnu nad oedd yn hogyn parchus. Ei fod o'n medru bod yn rebal ... o bryd i'w gilydd.

Ond doedd o *wir* ddim eisiau bod yn hwyr, er

hynny. Brysiodd i wisgo'i esgidiau a dilyn Harri i lawr y grisiau at y drysau ffrynt. Arhosodd y ddau yn dawel am ychydig gamau, cyn i Harri fethu ag atal ei hun rhag agor ei geg eto.

"Mae 'na wirionedd i'r rhan fwya' o straeon 'sti," meddai, "os wyt ti'n fodlon chwilio'n ddigon caled. Hyd yn oed y lleian ddu, ella."

"Dydi'r stori ddim yn gwneud unrhyw fath o synnwyr," atebodd Tecwyn yn anarferol o bendant. "Dwi 'di darllan am hanes Glan-llyn cyn dod yma."

"Wff. Dim lot i neud ym Mlaenau Ffestiniog, 'ta be?"

"Does dim sôn fod yna leiandy, na mynachdy, nac eglwys, na chapel wedi bod ar gyfyl y lle 'ma. Erioed. Pam yn y byd bysa 'na *leian* yn penderfynu aros yma am byth bythoedd?"

"Ond," atebodd Harri, yn codi ei fys fel athronydd yn datgelu un o gyfrinachau'r byd, "dim ond *enw* ydi hwnna, 'de? Dim ond *edrych* fatha lleian mae hi. Siâp mawr du, aneglur. Dydi hynny ddim yn golygu mai lleian *ydi* hi. Ti 'rioed 'di clywed stori merch plasty Glan-llyn?"

Ysgydwodd Tecwyn ei ben.

"Ymhell, bell yn ôl," esboniodd Harri, "roedd meistr Glan-llyn yn ddyn creulon, a ddim yn malio botwm corn am neb na dim, oni bai am ei blasty, a'i holl bres ... a'i ferch. Ac felly, pan ddatgelodd hi ei bod hi'n disgwyl babi ac mai un o weision Glan-llyn oedd y tad, doedd dim rheoli ar ei dymer o. Arweiniodd ei ferch i selar y lle 'ma, efo bwyell yn ei law, a ..."

"Stopia!" mynnodd Tecwyn, a rhoi llaw ar frest Harri i'w rwystro rhag cerdded yn ei flaen. Teimlodd chwys oer yn dechrau casglu ar ei dalcen. "Gwranda. Ma hi'n ddiwrnod braf. 'Dan ni yma i fwynhau'n hunain. Gawn ni beidio sôn am y lleian am dipyn bach? Plis?"

Daeth llais merch o waelod y grisiau.

"Y lleian?"

Edrychodd y ddau i lawr. Yno, roedd merch ychydig yn hŷn na nhw yn sefyll a chriw o blant o'r un oed â hi yn heidio o'i hamgylch gan anelu am eu hystafelloedd. Roedd llygaid y ferch yn llydan agored a doedd hi ddim i'w gweld yn malio bod ei ffrindiau yn mynd hebddi.

"Y *black nun* 'dach chi'n feddwl, ia? Peidiwch â deud bod chi 'di'i *gweld* hi?"

Syllodd Harri a Tecwyn yn ôl, yr un o'r ddau yn siŵr iawn sut roedd ymateb. Anaml iawn roedd merched hŷn yn edrych arnyn nhw, heb sôn am *siarad* â nhw.

Agorodd Tecwyn ei geg a gwneud ei orau i ffurfio geiriau heb i'w boer sychu.

"N-na," meddai o'r diwedd. "Ond ..."

"Pff, o'n i'n ama," meddai'r ferch, a chychwyn am ei hystafell. "Pa iws ydach chi?"

Safodd Nel yn anniddig wrth ymyl y llyn, yn gwrando ar ei bòs – aelod o staff parhaol Glanllyn, oedd wedi gweld miloedd ar filoedd o blant yn ymweld â'r lle dros y blynyddoedd – yn esbonio holl reolau'r gwersyll mewn tipyn o fanylder. Dim ymladd, dim chwarae'n wirion ar y dŵr, dim mentro'n bell o'r plasty ...

Gwnaeth Nel ei gorau i edrych yn llym ac yn awdurdodol ar y rhesi o blant a syllai'n ddisgwylgar tuag ati. Cafodd pawb wybod mai'r gweithgaredd cyntaf fyddai canŵio a gwrandawodd y plant yn astud wrth ddysgu sut roedd rhwyfo'r cychod bach cul heb ddisgyn i mewn i'r llyn. Sylwodd Nel ar un bachgen yn y cefn yn sgwrsio'n hamddenol â'i ffrind wrth ei ymyl yn hytrach na gwrando, a'i hoelio gyda'i golwg fwyaf blin. Tawelodd yntau'n syth.

Harri, meddyliodd Nel wrthi ei hun, gan gofio iddo'i gyflwyno'i hun iddi ar y ffordd i mewn i'r plas, mewn ffordd or-hyderus a gor-gyfarwydd. *Crinc bach.*

Daeth araith ei bòs i ben a dechreuodd y plant baratoi eu hunain i ganŵio, gan estyn am siacedi achub.

Dechreuodd Nel siarad heb feddwl.

"Un peth arall," meddai, ei llais yn codi'n uchel uwchben sŵn sisial dŵr y llyn a sgwrsio'r plant. "Dwi ddim isio clywad neb yn sôn am yr ... yr *ysbryd* 'na. 'Dach chi'n gwbod yr un dwi'n ei feddwl. Byddwch chi wedi clywed amdani gan eich ffrindia, dwi'n siŵr, a bydd rhai ohonoch chi 'di darllen amdani ar y we. Ond does dim sail i'r peth. 'Dach chi'n dallt? Os ydach chi'n coelio bob dim 'dach chi'n ei glywed a'i ddarllen, debyg iawn y cewch chi'ch gyrru'n wirion bost. Dwi'n dallt yn union am be dwi'n sôn, coeliwch chi fi."

Am ei hewythr John roedd hi'n meddwl, wrth gwrs, oedd yn dal i yrru negeseuon ati am bob math o straeon "newyddion" amheus roedd o wedi eu darllen yng nghorneli tywyll y we.

Syllodd pawb yn ôl arni, wedi drysu'n llwyr.

"Wel ... ia. Eitha reit," meddai ei bòs o'r diwedd, yn gwrido fymryn bach. "Dim ysbryd. Geiriau doeth, Nel. Reit. Gwisgwch eich siacedi, bawb, ac i mewn i'r canŵs 'na."

Cyn i Nel gael cyfle i wisgo'i siaced ei hun,

rhoddodd ei bòs law ar ei hysgwydd a sibrwd yn ei chlust, heb i neb arall glywed.

"Croeso i ti gymryd brêc cofia, Nel. Mae'r haul poeth 'ma weithia'n gwneud i bobol ymddwyn yn ... od."

Nodiodd Nel a gorffen clymu clasbiau ei siaced, ei hwyneb yn fflamgoch.

Aeth y prynhawn heibio mewn chwinciad. Bu dwsinau o blant wrthi'n troi wyneb llonydd Llyn Tegid yn ewyn gwyn, gan rwyfo'n bwyllog ar ei hyd i ddechrau, cyn dod yn fwy hyderus a chyflymu, gan orffen wrth rasio a phwnio'i gilydd yn chwareus pan nad oedd staff y gwersyll yn gwylio.

Er ei fod wedi treulio'r bore'n herio pawb o'i amgylch, roedd Harri yn rhyfeddol o dawedog erbyn iddi ddod yn amser i fentro ar y llyn. Glynodd yn agos at y lan, yn padlo yn ôl ac ymlaen allan o gyrraedd pawb.

Tua diwedd y prynhawn, gwnaeth Tecwyn un ymdrech olaf i'w ddenu i ganol y llyn.

"Dim eto," meddai Harri yn flinedig. "Faint o weithia sy' rhaid i fi esbonio? Dwi ddim yn *licio* dŵr dwfn."

Wfftiodd Tecwyn yn uchel. Doedd o ddim wedi arfer bod yn ddewrach na neb arall.

"Ty'd!" heriodd yntau. "Wnei di'm boddi. Does dim bwystfil yn y llyn 'ma go iawn, 'sti. Stori i blant ydi honna. Wna i dy arwain di. Gafaela yn fy nghanŵ i."

Gyda'i galon yn curo'n ddi-reol, ond yn benderfynol o ymddangos yn ddewr, rhoddodd Harri law grynedig ar ganŵ ei ffrind newydd. Mentrodd Tecwyn yn bwyllog allan i ganol y llyn, gan feddwl ei hun yn rhwyfwr llawer gwell nag oedd o mewn gwirionedd. Dechreuodd canŵ Tecwyn siglo o ochr i ochr, gan daro yn erbyn gwaelod canŵ Harri. Rowliodd canŵ Harri drosodd, a'i daflu i ddyfnderoedd Llyn Tegid.

Aeth o'r golwg am hydoedd. Yna ymddangosodd

uwchben yr wyneb o'r diwedd, ei siaced achub yn ei dynnu i fyny, ei freichiau'n gafael o amgylch y canŵ, a'i goesau'n cicio'n wyllt.

Gan boeri cegeidiau o ddŵr, ciciodd Harri ei ffordd i'r lan, gyda Tecwyn yn gosod ei ganŵ wrth ei ymyl yn ofalus i wneud yn siŵr ei fod yn iawn.

Rhuthrodd Nel ato a thaflu blanced drosto. Roedd Harri yn crynu fel deilen a'i lygaid yn syllu tua'r pellter.

"Harri," dechreuodd Nel. "Wyt ti'n …"

"Oer," atebodd Harri, ei ddannedd yn clecian. "Ydach chi'n meindio os ydw i'n mynd i swatio yn y gwely am dipyn bach, Miss? Dwi mor … m-mor oer …"

"Sori," clebrodd Tecwyn. "Sori, sori, sori …"

"Dos ditha," atebodd Nel. "Cynhesa. Cawod boeth amdani. Byddi di'n iawn. Ond cofia am y parti heno."

Nodiodd Harri ac ymlwybro yn ôl tua'r plasty, y blanced wedi ei lapio o'i amgylch. Trodd Nel a gwneud ei gorau i edrych yn awdurdodol wrth i

Tecwyn syllu ar ei draed mewn cywilydd.

"A titha," meddai Nel. "Dwi'n gwbod bod y boi 'na'n gallu bod yn anodd, ond ... bydd yn ofalus, ia? C'mon. Allan ar y llyn 'na. Un tro arall."

Dringodd Tecwyn yn ôl i'w ganŵ yn ofalus, yn grwgnach o dan ei wynt. Trodd Nel tua'r plasty a gwylio Harri yn diflannu i'r pellter. Doedd o ddim yn crynu bellach nac yn ymlwybro'n araf, ond yn hytrach yn brasgamu gyda phwrpas fel petai wedi anghofio'n llwyr am ddisgyn i'r llyn yn barod.

Bydd rhaid iddi gadw llygad barcud ar hwnnw.

Dringodd Tecwyn i fyny'r grisiau tua'i ystafell, un cam poenus ar y tro, ei goesau'n stiff ac yn drwm.

Roedd Harri wedi cael y syniad cywir. Doedd o ddim am frysio i ganŵ eto.

Cyrhaeddodd ei goridor o'r diwedd. Roedd rhywbeth yn wahanol yno.

Roedd drws ei ystafell ar agor.

Mentrodd yn nes, ar flaenau ei draed. Gwelodd fod ei fag dillad – a bag mawr Harri – wedi eu gosod yn erbyn y drws gan ei ddal ar agor, a'u cynnwys wedi eu taflu i bobman. Roedd y llawr wedi ei orchuddio â chrysau, jîns, sanau, bwyd ... gwelodd focs pren sgwâr, hen yr olwg, yn gwthio allan o fag Harri. Gêm fwrdd? Neu ...

"Tecs!"

Bu bron i Tecwyn ddisgyn ar ei hyd mewn braw pan ymddangosodd Harri y tu ôl iddo a bloeddio ei enw. Trawyd Harri yn fud yn fuan iawn ar ôl gweld cyflwr yr ystafell.

"Pwy sydd â goriad i'r ystafell 'ma?" holodd Tecwyn, yn sibrwd rhag ofn i rywun – neu rywbeth – glywed.

"Ni'n dau," atebodd Harri. "Mae'n siŵr bod 'na oriad gan y swyddogion, ond dwi'm yn meddwl y bysan nhw'n chwara tric cas fel'ma. Maen nhw'n gweithio i'r *Urdd*."

Safodd y ddau heb ddweud dim, ond yn gwrthod camu i'r ystafell rhag ofn bod rhywbeth yn cuddio yno.

"Felly," mentrodd Tecwyn yn dawel, "ble mae hynny'n ein gadael ni? Y lleian ddu?"

Daeth llais o'r tu ôl iddyn nhw.

"Y lleian ddu? Yn lle?"

Y tu ôl iddyn nhw roedd y ferch welson nhw ar y grisiau yn sefyll yn ddisgwylgar.

"Fan hyn," esboniodd Harri, yn gwneud ei orau i gadw'n bwyllog. "Neu fan hyn *oedd* hi, beth bynnag ..."

Camodd y ferch i mewn, gan dynnu nodlyfr a beiro o rywle, a dechrau sgriblo'n wyllt dan fwmian.

"Briliant. Eithri-*ad*-ol. Tystiolaeth go iawn o'i bodolaeth hi."

Chwarddodd Harri'n haerllug y tu ôl iddi.

"Tystiolaeth? Ty'd 'laen ... sori, be 'di dy enw di?"

"Siân," mwmiodd hi, gan dal ati i ysgrifennu.

"Siân," aeth Harri yn ei flaen, "dydi hyn ddim yn dystiolaeth o ddim byd, nag'di? Er bod rhywun 'di torri i mewn i'r stafall a mynd drwy ein stwff ni, dydy hynny ddim yn golygu bod ysbrydion yn bodoli. Ti'n hŷn na fi, Siân. Dylet ti wbod y petha 'ma."

Camodd Harri i mewn i'r ystafell yn betrus, gan ofalu peidio cyffwrdd â dim byd, heblaw am y bocs pren yn gwthio allan o'i fag. Gwthiodd hwnnw o dan ei gesail a brasgamu i lawr y coridor.

"Yn ffodus," gwaeddodd dros ei ysgwydd, "mae 'na ffyrdd o brofi'r petha 'ma y tu hwnt i unrhyw amheuaeth. Dilynwch fi!"

Ar ôl sleifio drwy'r plasty, ar hyd coridorau ac i lawr sawl set o risiau gan guddio yn y cysgodion, cafodd y tri eu hunain y tu ôl i ddrws rhydlyd yng ngwaelodion yr adeilad, y tu hwnt i'r ceginau – mewn man doedd neb byth yn mentro iddo.

Gwthiodd Harri y drws ar agor a thywys pawb arall i mewn. Y tu hwnt roedd mwy o risiau, yn arwain at seler foel a gwag, dim ond ambell i wydr peint, potel, a rhai bocsys plastig fan hyn a fan acw ar hyd y llawr. Ar un wal roedd generadur trydan yn hymian yn isel. Ac ar y llall ...

Aeth Siân i gynnau'r switsh golau ar y wal ar ben y grisiau er mwyn gweld yn well. Estynnodd ei llaw ond cydiodd Harri ynddi cyn iddi wneud.

"'Di'r gola ddim yn gweithio," meddai'n frysiog, "mi driais i'r switsh gynna, pan gefais i hyd i'r lle 'ma, a chael sioc am fy nhraffarth. Bydd yn ofalus. Does dim posib deud pa mor hen ydi'r weiars."

Tynnodd Siân ei llaw yn ôl, ei bysedd yn crynu.

Pwyntiodd Harri at y wal, gyferbyn â'r generadur. Arni, roedd staen frowngoch, flêr yn llifo i lawr.

"Ti'n cofio fi'n sôn am ferch y plas, Tecwyn? Fan hyn cafodd hi ei llofruddio, medden nhw, ac mae'i gwaed hi'n staenio'r wal byth ers hynny."

Caeodd Harri'r drws yn dawel ar ei ôl, gan daflu'r tri i ganol düwch aruthrol yn sydyn.

"Iesgob!" ebychodd Tecwyn.

"'Rhoswch funud, ma gen i fflachlamp," meddai llais Siân yn y tywyllwch. Gyda chlic sydyn, goleuwyd y grisiau gan un pelydr gwan o oleuni.

Fesul un, troediodd y tri yn ofalus i lawr y grisiau. Ymbalfalodd Harri ar y llawr llychlyd am un o'r bocsys plastig ac ar ôl cael hyd iddo gosododd ei flwch pren ar ben hwnnw. Agorodd y blwch, yna codi gwydr o'r llawr a chwythu'r llwch oddi arno.

Doedd dim rhaid i Tecwyn fedru gweld yn berffaith i ddeall beth oedd y blwch. Bwrdd Ouija. Ffordd o siarad â'r meirw.

"Pa le gwell i gysylltu efo hi?" sibrydodd Harri. "Rhowch eich bysedd ar y gwydr, plis."

Ufuddhaodd y ddau arall a phenlinio o gwmpas y bwrdd, yr un ohonyn nhw'n fodlon dangos dyfnder eu hofn.

"Reit," meddai Harri eto. "Pwy sy' am ddechra?"

Siân siaradodd gyntaf.

"Oes 'na rywun yma?" gofynnodd hithau.

Daeth tawelwch fel blanced drwchus dros y selar. Tawelwch dwys a thrwm oedd yn mygu popeth. Yn gwneud y tywyllwch yn dywyllach, rywsut, ac yn chwyddo ofnau pawb.

Yna, heb fath o rybudd, dechreuodd y gwydr symud.

Canolbwyntiodd pawb, gan graffu er mwyn

darllen y neges oedd yn cael ei sillafu'n araf gan y gwydr a grafai ei ffordd ar draws y bwrdd.

L-L-E-I-A-N

Yna, tynnodd y cyfan eu dwylo yn ôl mewn sioc wrth i'r gwydr hedfan ar draws yr ystafell a chwalu'n deilchion yn erbyn y wal, yn union o dan y staen browngoch.

Bu bron i Tecwyn neidio ar ei draed, ond gafaelodd Siân yn gadarn yn ei fraich a'i dynnu'n ôl.

"Wel," meddai Harri, â thinc o gryndod yn ei lais, "ella ei bod hi'n lleian go iawn wedi'r cwbwl. Dyna ddangos be *dwi'n* wbod. Waw. Dyma be ydi cŵl."

Cododd wydr arall o'r llawr a'i osod ar y bwrdd.

"Nesa?"

Gosododd pawb eu bysedd ar yr ail wydr, Tecwyn yn gwneud rhywfaint yn erbyn ei ewyllys.

"Ble ydach chi?" gofynnodd yntau mewn ymgais i edrych yn ddewr, ei lais yn cael ei lyncu gan y tywyllwch.

Dechreuodd y gwydr symud eto ...

M-A-R-W

... cyn codi i'r awyr a chwalu yn erbyn y generadur, ambell i wreichionen yn ymuno â'r gawod o ddarnau gwydr mân wrth iddyn nhw ddisgyn.

Roedden nhw'n gwbl sicr erbyn hyn bod rhywun yno gyda nhw. Rhyw bresenoldeb tywyll, yn stelcian o amgylch y seler, yn edrych dros eu hysgwyddau, yn sibrwd bygythion yn eu clustiau.

Cododd Harri wydr arall.

"Dim ond un ar ôl," meddai. "Well i'r cwestiwn yma fod yn un da ..."

Ar ôl saib bach er mwyn rhoi cyfle i bawb ddod dros eu nerfau, gofynnodd Harri y cwestiwn olaf, dau fys crynedig arall yn ymuno â'r un ar y gwydr yn barod.

"Pwy fan hyn ... sy'n mynd i farw nesa?"

"Y cythral bach," meddai Siân yn biwis. "Pa fath o gwestiwn ydi ..."

Ond cyn iddi fedru gorffen siarad, roedd y gwydr yn symud eto.

T-E-C-

Gollyngodd Tecwyn ei afael ar y gwydr a neidio

ar ei draed, ofn oer yn gafael yn ei galon.

"Stopiwch!" meddai rhwng ei ddannedd.

"*Stopiwch!*"

"Dwi ddim yn *gwneud* dim byd!" atebodd Siân, a daliodd y gwydr ati i symud.

–*W–Y*–

"Na!" sgrechiodd Tecwyn.

–*N*

Yna dallwyd y criw gan oleuadau'r seler yn cael eu cynnau. Rhewodd y tri yn eu hunfan, gan wrthod edrych tua phen y grisiau rhag ofn bod y lleian yno yn disgwyl amdanyn nhw.

Gafaelai Harri yn y gwydr. Yn y tywyllwch, doedd neb wedi medru gweld, neu wedi dewis peidio gweld, o bosib, mai fo oedd yn taflu'r gwydr bob tro, ac yn gynnil a chyfrinachol iawn yn rheoli ei daith ar hyd y bwrdd Ouija.

Ar ben y grisiau safai Nel, ei hwyneb yn biws. Y tu hwnt iddi, â'r drws ar agor, gallai pawb glywed synau bas yn curo drwy'r lloriau wrth i'r parti ddechrau ym mhen pellaf y plasty.

"Be 'di'r holl sgrechian 'ma? A sŵn gwydr yn malu? Well bod 'na esboniad da *iawn* am hyn i gyd."

Doedd neb yn fodlon siarad. Fesul un, trodd pawb i syllu i gyfeiriad Harri.

"Ffŵl Ebrill," sibrydodd yntau'n dawel.

"Ffŵl Ebrill?" bytheiriodd Siân. "Mae'n fis *Awst!*"

Rhoddodd Harri y gwydr i lawr yn ysgafn.

"Ia, ond wnes i anghofio 'leni, yn do? Mi driais i ym mis Mai, ond ... aeth hwnnw ddim yn dda iawn, felly ..."

"Chdi?" dechreuodd Tecwyn yn bwyllog. "Chdi oedd y lleian?"

Agorodd Harri ei geg ag olwynion ei feddwl yn troi, gan chwilio am gelwydd arall. Rhyw ffordd o achub ei groen.

Ond ar ôl gweld Nel ar ben y grisiau unwaith eto, ei thymer yn amlwg, rhoddodd y gorau i'r syniad yna.

Nodiodd ei ben.

"Cnocio ar y drws a chuddio yn y toileda cyn i ti ga'l cyfle i'w atab o. Fi nath. Yna sleifio i'r stafall a gwneud llanast cyn dod o hyd i'r lle 'ma, pan oedd pawb arall ar y llyn. Fi o'dd hwnnw hefyd. Ym ... sori."

Heb ddim rhybudd, llamodd Tecwyn ar ei draed a chicio'r bocs plastig i ffwrdd, y bwrdd Ouija yn sgrialu oddi arno a chlindarddach yn erbyn y llawr. Gafaelodd yn Harri gerfydd ei goler a chodi ei ddwrn i'w wyneb ...

Roedd Nel yno fel mellten, yn tynnu'r ddau i ffwrdd o'i gilydd cyn i Tecwyn gael cyfle i ddefnyddio'i ddyrnau.

"Digon!" bloeddiodd Nel, ei thymer yn ffrwydro o'r diwedd. "Os na rowch chi'r gora iddi'r funud 'ma, mi wna i'ch martsio i'ch ystafelloedd, cymryd eich goriada, a chloi'r drws ar eich hola. Dim parti. Dim hwyl. Dim byd. A gadewch i hyn fod yn wers i chi. Unwaith ac am byth – does 'na *ddim* lleian ddu. Celwydd ydi'r cyfan. Stori wirion bost sy'n cael ei hadrodd gan blant gwirionach."

Edrychodd pawb ar eu traed, wedi hen redeg allan o esgusodion. Teimlodd Siân ei bochau'n cochi.

Roedd hi'n rhy hen i gael ei thwyllo fel hyn.

"C'mon," cyfarthodd Nel. "I fyny'r grisia 'na."

"Iawn," atebodd Harri, yn curo'i droed ar lawr fel plentyn stranclyd doedd ddim am gael ei ffordd. "Ond *mae* ysbrydion yn bodoli. Dylwn i wbod. Dwi 'di *gweld* un."

Diflannodd yr olwg gas oddi ar wyneb Nel a'r mymryn lleiaf o chwilfrydedd yn dod i gymryd ei lle.

"Dim mwy o dy gelwydda di," meddai Tecwyn. Ond roedd Harri yn benderfynol o ddal ei dir.

"Naci. Wir yr, tro 'ma. Rhyw ddynas druan nath foddi wrth ymyl Beddgelert ganrifoedd yn ôl. Bron iddi fy nhynnu i waelod yr afon efo hi. Nid actio bod ofn o'n i ar ôl i'r canŵ 'na droi drosodd. Do'n i *wir* ddim yn licio cymryd bath yn Llyn Tegid. Dwi ddim 'di bod yn ffan mawr o ddŵr dwfn ers hynny. Ti a fi'n debycach nag oeddet ti'n feddwl, Tecs."

Daeth distawrwydd dros y selar. Dylai rhywun fod wedi herio Harri – ond roedd pawb ar goll yn eu profiadau eu hunain.

"Welais i rwbath hefyd," meddai Siân yn y man.

"Yn nhafarn yr Anglesey Arms yng Nghaernarfon. Corff yn crogi tu allan i'r ffenast ... gwydrau a dartiau yn cael eu taflu ar draws y bar, a neb ar eu cyfyl nhw. Roedd y lle 'na'n *fyw*. Yn berwi drosodd efo petha marw."

Trodd Harri at Tecwyn.

"Be amdanat ti, Tecs? Paid â deud bod ti 'di gweld ysbryd hefyd?"

"Naddo," dechreuodd Tecwyn. "Dim ysbryd."

Rhoddodd pawb ochenaid o ryddhad, fel petaen nhw wedi bod yn dal eu hanadl.

"Rwbath lot gwaeth," aeth Tecwyn ymlaen. "Ellyll."

Disgynnodd teimlad o dyndra a thensiwn dros y selar unwaith eto. "Rhyw greadur bach du, ochra Llan Ffestiniog. Rhwbath doedd ddim i fod yn y byd yma o gwbwl. Welais i o. Mor glir â'r llaw o flaen fy wyneb i. Ac yno efo fo ... roedd 'na hen ddyn. Dwi ddim yn hollol siŵr be oedd o, oni bai am ... ddewin. Rhywun sy 'di bod yn crwydro'r byd am ganrifoedd, allan o olwg pawb. Heb heneiddio."

Agorodd ei geg, yn bwriadu dweud mwy. Yn barod i esbonio'r holl syniadau a damcaniaethau gwallgo oedd wedi hel yn ei ben ers iddo fynd gyda'i fam i Bulpud Huw Llwyd rai misoedd yn ôl. Ond sut roedd rhywun yn dechrau esbonio rhywbeth oedd yn hollol anesboniadwy?

Ac yna – heb wybod yn iawn pam – trodd pawb i sbio'n syn ar Nel.

Cyn rhoi cyfle iddi ei hun ailfeddwl, dechreuodd hithau siarad.

"Mae 'na beth yn Llyn Cynwch. Sgen i ddim syniad be ydi o. Ysbryd neu ellyll neu … rwbath hollol wahanol. Fatha *zombie* oedd wedi bod yn pydru am flynyddoedd … ond bod 'na rwbath hyd yn oed yn fwy dychrynllyd am y peth. Rhyw fath o ddealltwriaeth ganddo fo … a chasineb. *Lot* o gasineb. Welais i o'n llusgo fy ewythr o dan y dŵr yno ganol nos. Roedd o'n lwcus i ddianc yn fyw."

Chwarddodd Harri, y sŵn yn annisgwyl ac yn haerllug.

"Dylwn i a dy ewythr ga'l sgwrs fach. Rhannu

nodiada falla."

Ysgydwodd Nel ei phen, yn gwrthod credu ei chlustiau.

"Pan o'n i'n fach," meddai, "straeon oedd y petha 'ma. Dyna'r oll. Celwyddau yn tyfu dros amser a'r gwir wedi mynd ar goll ers talwm. Ond dyma ni fan hyn. Pedwar ohonon ni. I gyd wedi cyffwrdd â byd arall."

"Hen hunllefau yn dod yn fyw," mentrodd Harri.

"Mae o fel 'tasa Cymru yn newid," meddai Tecwyn. "Fel 'tasa rwbath yn y wlad yn ... deffro."

Gallai'r pedwar glywed synau'r parti yn chwyddo yn y pellter wrth i rywun droi sŵn y gerddoriaeth yn uwch, a mwy a mwy o blant yn chwerthin ac yn chwarae wrth ymuno â'r parti.

Dringodd Nel y grisiau a chau'r drws. Distawodd synau'r parti.

"Dwi isio clywed y cyfan," meddai, a chamu i lawr y grisiau er mwyn ymuno â'r criw. "Pob un o'ch straeon chi. Pob un manylyn bach."

Sgwrsiodd y pedwar yn hwyr i'r nos gan ddychryn

ei gilydd yn hurt wrth adrodd eu profiadau unwaith eto. Aeth y parti yn ei flaen hebddyn nhw wrth i'r hen fwlb golau uwch eu pennau fflachio, a'r byd y tu hwnt i'r plas yn tywyllu. Teithiodd ias ar hyd cefnau pob un ohonyn nhw sawl tro wrth hel straeon am eu rhan fach nhw o Gymru ...

... a gofyn i'w gilydd pa hunllefau eraill oedd yn disgwyl amdanyn nhw, yn cuddio yn y cysgodion.

Diolch i Delyth am yr ysbrydoliaeth, y syniadau, a'r gwaith golygu. Wrth fy modd ein bod ni'n teimlo'r un peth am lenwi'r tŷ efo llyfrau sbwci.

Diolch anferthol i Nest. Mae dy waith wir wedi fy syfrdanu. Alla i ddim dychmygu neb gwell i roi hunllefau arswydus i bobl ifanc Cymru.

Diolch i Elinor ac i fy nhad am eu gwaith golygyddol hynod drylwyr.

Ac yn olaf, fyddech chi ddim yn gafael yn y llyfr yma o gwbl oni bai am Huw a Luned Aaron. Diolch am eich ffydd yn y syniad, ac am roi hwb pan oedd pethau'n anodd. Hir oes i'r Broga.

FFYNONELLAU

Y Naid Olaf
Brooks, J.A., *Ghosts & Legends of Wales*
(Norwich: Jarrold, 1987)
Holland, Richard, *Haunted Wales*
(Stroud: The History Press, 2011)
Holland, Richard, *Wales of the
Unexpected* (Llanrwst: Gwasg Carreg
Gwalch, 2005)

Heno yn yr Anglesey
Caldas, Thomas Corum, *The
Hangman, the Hound and Other
Hauntings*
(Llanrwst: Llygad Gwalch, 2010)
Felix, Richard, *The Ghost Tour of Great
Britain: Wales* (Derby: Breedon Books,
2005)
mysteriousbritain.co.uk

Pulpud
Hughes, Meirion ac Evans, Wayne,
Rumours and *Oddities from North
Wales*
(Llanrwst: Gwasg Carreg Gwalch,
1995)
sacredsiteswales.co.uk

Garth Dorwen
Tomos, Dewi, *Straeon Gwydion*
(Llanrwst: Gwasg Carreg Gwalch,
1990)

Olion Traed
Caldas, Thomas Corum, *The
Hangman, the Hound and Other
Hauntings*
(Llanrwst: Llygad Gwalch, 2010)
Holland, Richard, *Haunted Wales*
(Stroud: The History Press, 2011)
Rees, Mark, *Paranormal Wales*
(Stroud: Amberley, 2020)
nationaltrust.org.uk

Pysgotwr Llyn Cynwch
Brooks, J.A., *Ghosts & Legends of Wales*
(Norwich: Jarrold, 1987)
Holland, Richard, *Haunted Wales*
(Stroud: The History Press, 2011)
Nicholas, Alvin, *Supernatural Wales*
(Stroud: Amberley, 2013)
Pugh, Jane, *Welsh Ghostly Encounters*
(Llanrwst: Gwasg Carreg Gwalch,
1990)
countryfile.com

Y Lleian
South Wales Paranormal Research,
Welsh Celebrity Ghost Stories
(Sheffield: Bradwell, 2014)

urdd.cymru
nation.cymru
gwanas.wordpress.com